外面是夏天

바깥은 여름

〔韩〕金爱烂 著

徐丽红 译

人民文学出版社

著作权合同登记号　图字　01-2019-4085

바깥은 여름
© 2017 by Kim Ae-ran(金愛爛)
All rights reserved.
First published in Korea by Munhakdongne Publishing Group.
This simplified Chinese edition is published by People's Literature Publishing House Co., Ltd. in 2019 by arrangement with KL Management under the support of Literature Translation Institute of Korea (LTI Korea).

图书在版编目(CIP)数据

外面是夏天/(韩)金爱烂著;徐丽红译.—北京:人民文学出版社,2019(2020.3重印)
(韩国文学丛书)
ISBN 978-7-02-015388-6

Ⅰ.①外… Ⅱ.①金… ②徐… Ⅲ.①短篇小说—小说集—韩国—现代 Ⅳ.①I312.645

中国版本图书馆CIP数据核字(2019)第143125号

责任编辑　张海香
装帧设计　李思安
责任印制　徐　冉

出版发行　人民文学出版社
社　　址　北京市朝内大街166号
邮政编码　100705
网　　址　http://www.rw-cn.com

印　　刷　三河市龙林印务有限公司
经　　销　全国新华书店等

字　　数　121千字
开　　本　880×1230毫米　1/32
印　　张　6.5　插页1
印　　数　6001—9000
版　　次　2019年8月北京第1版
印　　次　2020年3月第2次印刷

书　　号　978-7-02-015388-6
定　　价　35.00元

如有印装质量问题,请与本社图书销售中心调换。电话:010-65233595

译者序

时间过得真快,很像这部小说。明明题目是夏天,没翻几页已经"立冬"。

2009年,我应韩国文学翻译院之邀,前往韩国参加海外翻译家的活动,期间第一次见到了金爱烂作家。听她聊自己的创作和生活,切身感受到了她的坦诚、直率和才华。我想,现实中的作家和藏在小说背后的作者真的很相符。

一别十年,我和金爱烂老师再没见过面,不过始终关注着她的创作。2014年翻译了她的长篇小说《我的忐忑人生》,2017年出版的《你的夏天还好吗?》由薛舟翻译,不过我也前前后后读了好几遍。每一次翻译和阅读都有故友重逢的感觉。这次刚一看到《外面是夏天》由文学村出版,特别激动,很快就跟人民文学出版社达成了翻译出版的意向。

翻译过程很顺利,也很愉快。依然是那个亲切的金爱烂作家,依然体察生活,依然照耀现实,依然在娓娓讲述中透露着温暖,依然有着淡淡的伤感。如果说有什么不同,似乎她的语调低沉了许多,似乎生活的重量增加了许多。比如《立冬》,讲述一对历经两次流产终于有了宝贵的孩子,努力生活,却又因为意外事故而不幸失去孩子的故事。"孩子的成长速度真是快得令人惋惜。""琐碎而无聊的日子一天天积累下来成为四季,四季积累下来就是人生。"读着这样的句子,我相信这不仅是主人公的感悟,也是作者本人的深切体会,格外富有说服力和感染力。小说沉痛而不沉闷,作者似乎有意将痛苦揉碎,均匀地分布在字里行间。"她像在屋檐下避雨的人,在我扶着的壁纸下面啜泣,顶着米黄色底上密密麻麻镶嵌着不知名的白色小花儿的壁纸。"主人公竭尽全力去化解苦痛,只是苦痛时常跃出纸面,带着锐利的光芒,击中读者的心。

无论是《卢赞成和埃文》《对面》,还是《遮挡的手》《沉默的未来》,每个小说里都弥漫着淡淡的丧失感。我想这就是金爱烂新作集最显著的特点了,而在荣获第37届"李箱文学奖"的《沉默的未来》中,作家干脆为即将消失的语言建起了博物馆,将消失的过程展览在读者面前。"我是谁,我从何处来,我向何处去?"这个高更呈现过的"柏拉图之问"也以主人公之口说出,瞬间点亮了主题,促使我们思考整部小说集流露出来的疑惑,无论你是谁,丧失不可避免,像孩子的成长,像说出口的语言在风中消散。

"说不出口的话和不能说的话/不能说的话和必须说的话/某一天变成人物,出现。"

/ 译者序 /

  "作家的话"惜字如金,不过上面这句话已经隐约表明了金爱烂的心事,哪些话可以说,哪些话不能说,哪些话必须说,哪些话变成了哪个具体的人物,就让我们在阅读中寻找吧。

  感谢这次美好的相遇,期待金爱烂作家继续写出动人的作品。别忘了,距离她的第一部长篇小说已经过去了整整八年……

徐丽红

2019年6月4日

目　录

立冬 …………………………………………1

卢赞成和埃文 ………………………………25

对面 …………………………………………59

沉默的未来 …………………………………87

风景的用途 …………………………………105

遮挡的手 ……………………………………133

您想去哪里 …………………………………162

作家的话 ……………………………………197

"韩国文学丛书"书目 ………………………199

立　冬

午夜已过,妻子提出要贴壁纸。

——现在吗?

——嗯。

我迟疑片刻,说了声"好吧",就从沙发上起身。妻子已经很久没提出要做什么了。我去了阳台,从收纳柜里取出壁纸。这是前不久从大型超市里买来的"自粘壁纸",一卷的价格是两万几千元[①],有我肩膀那么宽,10米长,拿在手上很有分量。我手拿壁纸,看着说明书,总感觉有点儿不对劲,于是用眼角的余光看了看客厅的灯光。我的眼睛仍然盯着说明书,大声喊道:

——真的要现在贴吗?

上个月,妈妈来家里住了几天。我们两个人都有些神情恍惚,妈妈说要来帮我们做家务。第一天刚刚放下行李,妈妈就劲

[①] 即韩元,1韩元≈0.0059元人民币。书中如非特别说明,所提及货币皆为韩元。

头十足地打扫家里的角角落落,整理邮件,拆开落满灰尘的风扇,逐一擦拭扇叶,又给枯萎的橡胶树浇水。她把猪肉和鹌鹑蛋混合,拿酱油腌制;炒凤尾鱼和螺丝椒,家里满是辣味;烤紫菜,腌苏子叶,整理冷冻室。妻子常常用无可奈何的目光看着妈妈的身影,好像是在忍受老人并无恶意的干预和唠叨。不,与其说是忍受,倒不如说是根本没往心里去,或者说不愿放在心上?我不知道怎么说合适。一方在不遗余力地做出各种动作,想要批评对方不成体统,一方却根本接收不到这样的信号。这是一件让人痛心的事情。

妈妈来我们家十天了。一天夜里,厨房里发出"砰"的响声,我跑过去一看,妈妈坐在地上,身上满是黑红色的液体,一副失魂落魄的样子,像偶然出现在恐怖分子身旁,却遭受了血与肉的洗礼。妈妈手里拿着圆筒形的瓶子,那是前不久门口的儿童之家送来的覆盆子汁。想着要还回去,就原封不动地放在那里,碰都没碰。可能是妈妈突然打开盖子,里面的东西喷涌而出。黑红色的液体溅满了妈妈白色的内衣,也凌乱地溅落到餐桌、壁纸、饭锅和电水壶上面。餐桌和对面的墙壁尤其严重,清清爽爽的橄榄色壁纸上沾满了黑红色的斑点,就像有人为了侮辱邻居而故意在墙上胡乱涂抹。

——天啊,太可惜了,这可怎么办啊。

妈妈不知所措地环顾四周。

——哎呀,我只是口渴……看你们都不喝……

我赶忙把妈妈扶起来。

——妈,您没事吧?有没有受伤?

"我老了,不中用了""这些人也真是的,要卖就卖能吃的东西,这样怎么能行""瓶子里都是气",妈妈反复说着这些话。她没有直接去浴室,而是撕开厨房纸巾,擦起了地板。换在平时,她肯定会责怪我们,说用抹布就行了,为什么要浪费纸。

——放下吧,妈,我来擦。

我犹豫着弯下腰,悄悄地看了看妻子,不动声色地征求妻子的意见,"是吧,亲爱的?我们来擦可以吧?"妻子在旁边纹丝不动,还用低沉而粗鲁的语气说出了让人意想不到的话:

——真是的……

妈妈正在擦地,抬头看了看妻子。短暂的寂静流过,墙面上黏稠的黑红色液体仍然啪嗒啪嗒地滴落,留下长长的竖痕。妻子对尴尬的气氛置若罔闻,继续说道:

——这是怎么搞的?

——美珍啊。

我轻轻抓住妻子的胳膊,示意她不要再说了。妻子的神情有些莫名其妙,不知是发怒还是寻求理解,随即发出凄惨的尖叫。

——彻底毁掉了。

我们是去年春天搬到这里的。建筑面积24坪①,实际使用面积是17坪,房龄二十年。现在人们都认为举债买房是疯狂之举,不过这是拍卖品,价格便宜,当然很难舍弃。很多时候,售价和整租保证金的差异并不大,寻找合适的整租房并不容易,而且当时搬家也很头疼。经过漫长的考虑,我们决定买下这套房子。一半以上的钱都是贷款,只要想到连续几年都要按月归还本金和利息,心情就会变得沉重。不过,想到自己的钱没有进入别人的腰包,而是换来了属于自己的空间,也就不那么委屈了。即使有人告诉我,这房子并不是你的家,而是别人的大腰包,我也不介意。妻子很开心,因为荣宇以后不用再换托儿所了。她说这是最开心的事情。附近还有很多便利设施,空气也比首尔清新,妻子对这点也很满意。

——我也喜欢这里。

荣宇玩积木或者看图画书的时候,经常会插话,那天也不例外。

——为什么?你为什么喜欢这里?

那段时间荣宇经常会冒出惊人而荒唐的话,妻子还是充满期待地问他。大概是觉得身为父母总算为孩子做了些什么,妻子还没听到答案就已经心满意足了。荣宇像往常一样,嘴里含着清澈的口水,摆动着鲜红色的舌头,天真地回答:

---

① 韩国土地面积单位,一坪相当于3.3平方米。

/ 立冬 /

——嗯,有好多嘀嘀,好酷。

这样说的时候,他注视着阳台外面八车道上排成长队的上下班车辆。

很长时间,我们都被有房子这个事实搞得迷迷糊糊。尽管只是名义上属于我,其实并不是我的房子。漂泊二十多年,终于有了在某个地方扎下细根的感觉。一棵刚刚钻出种子的根穿透黑暗破土而出,弥漫四周的微热和叹息如数传入我的体内。下班后洗完澡躺在床上,奇异的自豪和不安同时向我袭来,感觉好像历经千难万险到了某个地方。尽管不是中心,却也没有被赶到外面,安心感犹如叹息般油然而生,又有些疲惫感,疲惫感中夹杂着今后可能遇到的疲惫和懂得什么是疲惫的疲惫。即便这样,我还是极力不往坏处想。我努力让自己相信,我选择的不安是全世界所有家长都要承受的不安中相对较好的不安。这在某种程度上是事实。至少我还拥有选择的自由。在购房协议书上签完字回家,我打开电视,娱乐节目上的艺人们正在玩"报纸游戏"。落脚地逐渐减少的空间里,更多的人支撑更长的时间,就是这样的游戏。参与者的身体互相纠缠,龇牙咧嘴地做出滑稽的表情。有人抵挡不住对方的重量,终于被挤出报纸而惨遭淘汰。那时候我只是坐在电视前喝着罐装啤酒呵呵傻笑,现在我却有种身临其境的感觉。"一半的一半",然后是"一半的一半的一半",单脚站在不断缩小的报纸上,抱着家人瑟瑟发抖,却又因为坚持到最后而冲着

5

摄像机露出笑容。"这么快就买上房子了?"大学同学们向我祝贺,语气之中不无羡慕。每当这时,我总是难为情地辩解:"那又怎样,不过是个房奴罢了。"一个家伙回敬道:"我只是个奴,而你是房奴,多好啊。"入住之后,我们举行了好几场乔迁宴,招待双方父母、朋友和同事,亲近的人说说笑笑,吃吃喝喝。这样的时候,我们是债务者的事实让我感觉很虚幻。写在购房协议和银行贷款协议上的名字像是假名。凌晨时分感觉到尿意去卫生间的时候,我会久久地站在浴室门前,注视熄了灯的客厅。我检查了所有的东西是不是都在原位,需要妥善保存的东西是否安然无恙,然后就离开了。

妻子用了半年多时间装扮新家。搬家之后,有空就查看"小面积自助装修"和"家具重修""DIY"信息,并且付诸实践。一直以来,妻子对"定居"的执念就比我强烈。整个大学时代妻子都生活在宿舍里,毕业后做课外辅导教师的时候,每天带着锡纸垫子出入学习室,而不是毯子,就是别人烤肉或郊游时铺的那种。因为便于携带,丢弃也容易,所以每天铺着锡纸垫子睡觉。妻子三次参加九级公务员考试,三次落榜,结果是没能成为公务员,却到鹭梁津公务员考试辅导机构做了文员。婚后先是治疗不孕症,接着经历两次流产,终于生下荣宇,搬家五次之后终于买上了房子。这些都是在过去的十年里手忙脚乱地完成的。买房之后,每到休息日,妻子就在阳台上剪剪切切,涂涂抹抹,拼接组装,重修

〖立冬〗

我们用了将近十年的床和椅子、餐桌和收纳柜。她把褐色椅子漆成乳白色,或者把旧桌子涂上柑橘的颜色,变成亮丽的色调。为了不让荣宇靠近锯、钉子和锤子,妻子干活儿时总要锁紧阳台的门。荣宇把鼻子贴在阳台的玻璃门上,哭泣,闹脾气。每当这时,我就抱起荣宇,带他去游乐场。搬家之后的几个月里,家里从来没断过油漆味、胶水味和增光剂的气味。这是妻子了解过"北欧风家具"和"斯堪的纳维亚布艺",对价格失望后选择的自救之路。妻子需要的不仅仅是定居的事实,还有现实感。她似乎厌倦了仅有需要和必要构成的空间,厌倦了和丑陋的事物生活在一起,妻子想要从空间中寻找去除功能的形象,从生活中寻找去除了生活本身的形象。

妻子在室内装潢方面倾注心血最多的空间当然是客厅和厨房。她把网购的双人沙发放进客厅。这是一套布艺沙发,填充物是废旧木料和压缩海绵。我对妻子的选择不做评论。偶尔妻子询问我的意见,我也只是漫不经心地回答"不错啊""还好吧"。我不反感让简陋的公寓变得舒适,何况还喜欢妻子散发出来的明朗气息。妻子在沙发旁放了一棵漂亮的橡胶树。这也是因为荣宇不再吸花盆上的石头,也不撕咬花叶了。妻子在亲手制作的木托盘上放了许多用途不明的暖色调罐子,罐子上写着"LOVE"或"HAPPINESS"之类的单词。一侧墙上挂出全家合影,用铁丝和小巧的木夹展示出来,像晾衣服。妻子好像还觉得缺了什么,又在木托盘上贴了三只鸟图案的夜光贴纸。

  厨房对面的小房间装饰成了荣宇的房间。这是荣宇第一次拥有属于自己的空间。荣宇平时喜欢藏在角落里,为此妻子特意从市场买来布,做成印第安帐篷。荣宇从小就经常爬进某个地方,用手指挖土吃,或者死死盯着落在地上的头发。妻子在荣宇房间的窗户上挂了画有变形警车的卷帘,门上贴了韩文字母表。"ㄱ"栏里有"小狗","ㄴ"栏里有"蝴蝶"的放大图片。那时荣宇正在学习识字。他好像在学习方面毫无天分,或者是因为年龄太小,往他手里塞上粉笔或蜡笔让他写字,他却到处涂画看不出形象的曲线,把妻子好不容易打扫干净的地板弄得一团糟。平时很少大声说话的妻子,每次看到自己辛苦营造的空间被孩子弄乱,都会忍不住大声喊叫,有时甚至很过分。荣宇对妈妈的干涉置之不理,往各种物品上面吐口水,撕图画书,听到音乐就摇摆上身,钻到餐桌下面狭窄的空间里玩耍。偶尔钻进圆锥形的印第安帐篷里,嘀嘀咕咕地胡说八道,直到进入梦乡,脸上带着和谁打架都打不赢的表情。静静地看上去,真是既无辜,又令人心痛。神奇的是,哪怕只睡片刻,睁开眼睛时却像换了个人,仿佛长了肉似的。孩子的成长速度真是快得令人惋惜。只有在面对孩子成长的时候,我才能明白季节和时光的用途,明白三月是做什么的,七月有什么用,以及五月和九月。

/立 冬/

　　第一次来看这套房子的时候,给我印象最深的是厨房墙面。在简陋而凌乱的家具中间,只有它在宣扬"美丽",却又奢华得像是使出了吃奶的力气,格外引人注目。壁纸是很久以前的流行花纹,上面印着一堆堆的红色郁金香,艳丽得近乎肉麻。白底溅上了黄色的斑痕和分不清是苍蝇屎还是什么东西的黑点。妻子神情严肃,挑剔而凝重地盯着壁面,然后小声说:"如果我是这个房子的主人,我会贴简单而清爽的壁纸。"她说重要的是收纳、布置和配色。妻子摆出行家的派头说,这就是对室内装修的误解。其实,她还要照顾孩子和做家务,都没时间去美容院。

　　——我们家不是也很乱吗?

　　妻子瞪大了眼睛反驳道:

　　——那是因为我们家有小孩子。

　　在家务和育儿方面,只要我稍微流露出责难的意思,妻子就会表现得格外敏感。

　　——这家看起来也有孩子啊?

　　我指了指贴在厨房夜光开关上的臭屁虫贴纸,妻子愤愤不平地说道:

　　——我们家不是比这里小嘛,小房子怎么整理也看不出效果。

　　入住之前,妻子最先修理墙壁。她去了社区装潢店,把厨房和客厅的壁纸全部换成白色,洗手池对面的墙壁换成橄榄色。在白色的空间里,橄榄色理所当然地成了"亮点"。用妻子的话说,既美观又显得宽敞。妻子在那面墙下摆放了四人餐桌。桌腿是没有光泽的米黄色,桌面是淡橙色,给人以温暖的感觉。餐桌兼做茶桌和书桌。妻子在餐桌一侧放了电水壶、绿茶、薄荷茶包、复合维生素,以及坚果。当然没忘了摆放盛在透明容器里的咖啡豆和看着就让人扬眉吐气的咖啡磨豆机。我们每天围坐在这张四人餐桌旁吃饭。偶尔有客人来,我们会在客厅用餐。我们一家人大多使用这张餐桌。我们俩使用没有靠背的板凳,荣宇坐在折叠式儿童餐椅上面,拿着勺子。琐碎而无聊的日子一天天积累下来成为四季,四季积累下来就是人生。插在浴室玻璃杯里的三支牙刷和挂在干燥台上尺寸不一的袜子,小巧的儿童马桶盖,看到这些东西,我明白如此平凡的事物和风景恰恰就是奇迹和事件。妻子和我在餐桌旁喂荣宇吃饭,批评他,为他荒唐的辩解忍俊不禁,还要为了维护权威而迅速做出严肃的表情。荣宇在这里学习用筷子,撒落食物,耍脾气,爬到椅子下面哭泣,用他粉红色的舌头嘀嘀咕咕说出可爱的胡言乱语。这张四人餐桌旁边,餐桌对面清爽的橄榄色壁纸之下,门前的儿童之家送来的覆盆子汁就溅落到了这里。

妻子和我没再提洒落覆盆子汁那天的事。第二天妈妈就回老家了,我们努力像往常一样生活。和昨天一样的日子,很长的一天,用妻子的话说"彻底毁掉"的一天。偶尔我会感觉被人们称

/立 冬/

为"时间"的东西像"快进"的电影,转瞬即逝。风景、季节和世界仿佛都在自转,唯独抛下我们,渐渐地缩小幅度,制造出漩涡后把我们吞噬。鲜花盛开,微风吹来,冰雪融化,新芽萌发,大概都是这个缘故。时间似乎在单方面偏袒某个人。

今年春天,我们失去了荣宇。儿童之家的车在倒车时撞倒了荣宇。荣宇当场就没了呼吸。52个月,完整的五次春夏秋冬都没有看到。偶尔他会不听话,闹脾气令人恼羞成怒,不过像他这个年龄的孩子大多都是这样。不知道是从哪儿学来的,拥抱爸爸妈妈的时候,他会用软乎乎的小手帮我们捶背。以后再也抱不到,摸不到他了。不管想什么办法,都不可能再去批评他,喂他吃饭了,不能哄他睡觉,逗他开心,不能再亲吻他了。在火葬场送走荣宇的时候,妻子双手抚摸照片,说的不是"走好",而是"好好睡觉",仿佛还能再见面。

儿童之家的院长购买了营业赔偿责任保险。肇事车辆也买过汽车综合保险,所以我们通过保险公司得到了民事赔偿。世界上没有尺子或者单位能衡量这样的赔偿是多还是少,儿童之家方面似乎觉得这件事就此结束,司机换人了,在场的幼师也开除了,你们还想怎么样?虽然没有亲口这样说,可他们对待我们的表情和态度就是如此。因为我在保险公司工作,所以附近传出了令人难以启齿的谣言。最开始我难以相信,浑身颤抖。可怕的是,有的孩子竟然相信那些谣言。妻子辞了职,待在家里什么都不做。如果可能,我也想放弃一切。每个月公寓贷款和高额利息都会从生活费的存折里扣除,物业费和各种税金、医疗保险费和手机费也不容小觑,仅凭我的工资很难支撑。就在这个时候,儿童之家车辆保险公司的职员来找我了。他用冷静的语气安慰我,用专业词汇说明了保险金的支付过程,然后小心翼翼地递过一份文件。姓名栏和账号栏是空的。无须别人告诉,我已经知道这种格式。以前我也和他一样,以职业化的表情直面别人的悲伤。文件放在面前,我久久没能说话,到外面接连吸了三支香烟。纠正错误,修理故障,这是家长的责任,我从小就是这么学的。可是当我在文件上写下账号的瞬间,我突然产生了某种奇怪的感觉,好像这个动作的结果将是我对儿童之家院长的宽恕。

之后的日子过得稀里糊涂。唯一能想起的是黑暗。下班后,咔嗒,打开开关时在厨房角落啜泣的妻子的脸;咔嗒,开灯时在客厅角落里肩膀颤抖的妻子的轮廓,仅此而已。冰箱里长了白毛的辣白菜,刚刚磕破放进方便面里就发出恶臭散开的鸡蛋,落在客厅地板上的褐色橡胶树叶子之类,只有这些。偶尔,妻子望着阳台窗户,反反复复地说:

——老公,荣宇在的地方,可能比这里好,因为那里有荣宇。

有一次,妻子推着带轮子的购物篮出门,十分钟就回来了。我问她有什么事,她说有人看她。我问怎么回事,她说人们总是

立 冬

看她,想看看失去孩子的人怎样穿衣服,失去子女的人是不是也会在试吃柜台品尝食物,偷看她买什么菜,怎样讨价还价。我说不可能,是你太敏感了。从那之后,妻子主要在网上购物。出门越来越少,凝视阳台的时间越来越多。我很担心,感觉自己会连妻子也失去。

——亲爱的,我们搬家好不好?

咔嗒,我再次按下开关,灯光亮起的时候,看到妻子蜷缩在小小的印第安帐篷里。我问妻子。妻子满脸泪痕,默默地点头。第二天下班路上,我走进社区的房产中介公司。公寓市价比去年我们买房时降了两千多万。从中介公司出来,我在家门前的胡同里接连抽了两支烟。最后我放弃了卖房,跟妻子说"房子一直卖不出去"。当然,我们有一张保险金存折,里面的钱一分都没动。那是不能花的钱。从来没有讨论过这件事,只是我和妻子都默认了这个约定。

儿童之家送来的包裹到达门口的时候,我和妻子像对待不祥之物似的打量着箱子。究竟是什么东西?猜不出来。包裹表面印有"长寿食品"的商标和"国产覆盆子原汁百分百"的字样。撕掉箱子上的透明胶带,里面露出一张卡片。卡片上写着例行性的祝福:"感谢您的支持,祝您度过丰盛的中秋。阳光儿童之家"。以前中秋节,儿童之家把孩子亲手制作的松糕精心包装起来寄给家长,不过像这样的情况还是第一次。直觉告诉我们,他们送错了。大概是想以这种方式扭转荣宇事件带给他们的负面评价。不知道是新老师的失误,还是没有更新通信录的缘故。妻子很气愤,说这些人怎么可以这么麻木,这是什么地方。如果他们明明知道还寄来包裹的话,真的很恶劣。如果不知道,那就更恶劣了。我想应该把覆盆子汁箱子放到看不见的地方,然后寄回去。这是两个月前的事情。

渗透进墙里的液体很难消失。拿湿抹布擦,用魔力擦揉搓,或者用化妆品蘸洗甲水小心翼翼地拍打,还是无济于事。多次擦拭的地方相对变淡了,然而斑痕不可能彻底去除。越是想要消除痕迹,反而越伤害壁纸。看来只能重新粉刷了。

妈妈回老家不久,我和妻子去了大型超市。已经很久没和妻子一起出来买东西了。我抓着空购物车的把手,陪妻子上了扶梯,来到卖荧光灯、电池和工具的区域,站在堆放着各种壁纸的柜台前。隔板上面整齐地摆放着普通墙纸、自助墙贴纸、磨砂贴膜和韩纸。我从中拿起一卷"带胶的自助墙贴纸",读起了说明书。我看到了"放在水里五分钟即可""粘贴轻松而愉快""无须工具""无须揭掉原来的墙纸"等语句。不知为什么,感觉读着说明书,好像已经把壁纸贴完了。

——买这个怎么样?

妻子皱起了眉头。

/立冬/

——要是没有花纹就好了。

——这还不够干净吗?

——没有别的吗?

——这种款式你不喜欢,是吧?

——哦。

——这已经算是最简单的了,花纹很小,看不出来。

——……

——以后再来?

妻子突然避开我的视线,坐立不安。

——随便,就买你喜欢的吧。

我拿着壁纸,盯着妻子。以前装修方面的事都是妻子独自决定,这次突然把决定权交给我,真是怪事。妻子好像要马上离开。我突然有种不祥的感觉,转头一看,一位年轻女人正抓着购物车扶手,眼睛打量着壁纸。购物车里坐着一个五十个月左右的男孩。孩子湿漉漉、黏糊糊的手里拿着荣宇平时爱吃的动物形饼干。

在那之后,妻子就忘记了壁纸的事,仿佛从来没去过超市。我不知道是因为没有了兴趣,还是意志消磨的缘故。早早下班的日子或者周末,我问"今天贴壁纸啊?"她每次都回答"以后再说吧""下次吧"。对于平时绝对不会把餐具堆放在水池里的人来说,这样的态度有些反常。妻子是那种洗干净碗后还要把碗里的水擦干的人。无论做什么事,她都喜欢"马上就能开始的状态"。她说只有这样才有心情做事。哪怕洗一粒葡萄,她也先用苏打水浸泡,然后冲洗多次。至于抹布和毛巾,也会定期用加入什么过氧化氢还是碳酸钠的粉末煮到发白。这样一个人,面对被黑红色液体溅得面目全非的壁纸,面对像血迹一样越来越黑的斑渍,却无动于衷。"别的事我自己做就可以了,贴墙纸需要你帮忙",这样劝说也没用。后来我也感觉疲惫和厌倦了,不再问她。可是今天,星期六,我在客厅里看电视看到午夜已过,眼皮都耷拉下来,正想要去睡觉的时候,妻子却提出要贴墙纸。

——美珍,你帮我按一下好吗?
——这里?
——嗯。

妻子把卷尺一端轻轻按在地上。卷尺一端是L形,无法紧贴地面,弄不好中间会弹出来。妻子跪在壁纸上,拿铅笔在2.3米附近做了小小的记号,预留出比实际尺寸多3厘米的空余。
——需要几张?
——三张。
——三张就够吗?
——嗯,足够了。

三张同样尺寸的壁纸在客厅地板上铺开。端庄的米黄底上

立冬

印着白色的小花。妻子似乎对我挑选的壁纸不太满意,却又流露出无所谓的表情。我先提起橄榄色壁面底下的四人餐桌,和妻子一起搬到客厅。板凳和儿童餐椅也挪到旁边,只留下妻子坐的辅助椅兼收纳箱。我和妻子面对面站着,抓着壁纸两端,朝浴室走去。我们把壁纸放入盛有温水的浴缸,等待胶水膨胀。不一会儿,我和妻子又抓着壁纸两端,一步一步小心翼翼地朝厨房移动。我们必须控制力量,不让吸水的壁纸撕裂。这是名副其实的"合作"。我们踮着脚,抓住壁纸两侧,壁纸边缘碰到了顶棚线。妻子在我的怀里抓住壁纸下端,抬头看着我说:

——我老公个子真高。

久违的微笑,只是看起来有些凄凉。壁纸贴到一半,妻子迅速后退,为我腾出可以移动的空间。把壁纸下端紧贴在墙面,再用擦洗碗池水渍的小玻璃擦涂抹表面。家里没有墙刷,只好寻找合适的工具。玻璃擦往返运动的时候,吸水膨胀的胶哗啦哗啦落到厨房地上。四周弥漫着胶水的气味。地上已经铺了报纸。我一丝不苟地贴壁纸,妻子用湿抹布勤快地擦着溅落在地板上的胶水。接着,一张壁纸整齐地贴上了墙面。我和妻子稍微后退,注视前方。相比沾满黑红色斑痕的脏兮兮的墙面,现在是纤尘不染的整洁空间,我的心头升腾起莫名的自信,那感觉就和换荧光灯或疏通下水口差不多。

——很简单啊,这么快就完了?

在水池里简单冲了冲粘了胶水的手,然后和妻子合作抬起第

17

二张壁纸。现在,只要重复前面的过程就行了。先把壁纸放入盛有温水的浴缸,等待胶水膨胀。脑海里自然而然地浮现出荣宇赤裸的小身体和屁股上淡蓝色的胎记,微挺的小肚子,柔软温暖的皮肤和令人愉悦的气息。妻子分明也在想着同样的事。我们都默不作声。

——要不要打开厨房窗户?

——嗯。

妻子打开水池前的小窗。猛烈的风打着旋儿吹进方形的窗户。妻子蜷缩起身体。

——风好冷。

——把窗户关上?

——不,开会儿吧,放放味儿。

我的手仍然放在壁纸上,眼睛注视着妻子。妻子已经熟悉了贴壁纸的顺序和要领,自然地进入我的臂弯,抓住壁纸下端。只有坐着和站着的差异,姿势还是一模一样。

——十一月了。

妻子冷漠的语气透出丝丝的凉意。

——是啊。

——得快点儿把冬被拿出来了。

——嗯,凌晨有点儿冷了。

——你发现了吧?

/立冬/

——哦。

——生活在四季分明的国家,好像注定要多花钱。

——是啊。

——老公。

——嗯。

——你一个人工作很辛苦吧?

——一直都在做,有什么辛苦啊。

——我连饭都没好好做。

——你自己吃好就行。

——老公。

——嗯。

——今天贴完壁纸,下周我们……

——……

——把那个钱用了吧,债总是要还的。

——……

我的眼泪差点儿夺眶而出,好容易才忍住了。我想起那些因为束手无策而睡不着觉,担心我提出用那份钱而被妻子当成怪物的日日夜夜。

——嗯?那就这么办。

我努力调整呼吸,淡然地回答:

——好。

我用玻璃擦认真地涂抹壁面,抹平皱了的地方,心里想着,今天是妻子站起来的日子,她马上就要振作起来了……无论是对我,还是对荣宇来说,今天都是重要的日子。我提着壁纸的双臂顿时有了力量。我用玻璃擦扫过壁纸,到达中间的时候,妻子又退到我背后,为我腾出移动的空间。壁纸贴得差不多了,妻子用湿抹布和干抹布擦掉壁纸上的胶水。

——搬到这里真好,你也喜欢吗?

——嗯。

——这是我们住过的最好的地方,是不是?

是的,高兴得失眠。好不容易到达某个地方的感觉。尽管不算市中心,至少没有被赶到圆圈之外,安心感油然而生。对我们来说,这样的结果已经很好了,不要贪心,心怀感激地生活。仿佛就在昨天,我还这样跟自己说。荣宇走后,这个房子突然变得出奇地安静,我和妻子托着好像马上就要裂开的壁纸,心里不由得产生疑惑,我们到达的地方"就是这里吗"?是陡峭如悬崖的壁面之下吗?我们租房漂泊二十年,好不容易扎下了根,好不容易安顿下来,然而这个地方却如虚空。

——老公,那里好像有点儿皱,要不要重新贴一下?

——哪儿?

——那儿。

——没事儿,过几天就吸附好了。

——那里呢?好像歪了?

——哪儿?

/立冬/

我后退几步,观察壁纸的花纹和竖线。

——我没看出来啊?

——不,有点儿偏这边。

——哦,是啊。

我轻轻揭掉第二张壁纸,找准平衡后重新贴好。幸好胶水还没干,这才能修正。

现在只要贴上第三张壁纸就完成了。我和妻子提着剩下的壁纸,走向浴室。

——我们应该一起泡好之后叠放在角落。

——怕胶水会干。

——等一下,把这个拿走。

妻子把紧贴在墙边的收纳箱推到后面。那是个方形的盒子,一面镂空。我们把它放在荣宇的餐椅旁,用作辅助椅兼收纳箱。往客厅里搬餐桌的时候想着一起挪走,又怕贴壁纸时够不着可以用到,所以就没动。拿起收纳箱,地上露出方形的尘土痕迹。妻子去洗抹布,我把第三张壁纸贴到第二张旁边。妻子擦着灰尘,瘦小的后背微微颤抖。我等着妻子快点儿擦完灰尘,来到我内侧,帮我抓住壁纸下端。忙着擦灰尘的妻子突然不动了。

——亲爱的?

——……

——荣宇妈妈?

——……

——美珍,怎么了?出什么事了?

我拿着壁纸的双手仍然放在墙壁上,低头看着妻子。

——这里……

——嗯?

——这里……有荣宇写的字……

——……你说什么?

——荣宇写了……自己的名字。

妻子用颤抖的手指了指墙壁下面。

——可是还没……写完……

妻子的肩膀微微颤抖。

——现在只写了姓和……

——……

——姓和荣,还有……

——……

——荣,还有,不,只写到荣……

妻子发出嗝嗝的奇怪声音,最后放声痛哭。我从来没见过荣宇写自己的名字。我知道他偶尔会在地板或素描本上涂鸦,画些既不算画也不算字的歪歪扭扭的东西。原来那个不会坐也不会爬的孩子,转眼间突然长大了,竟然会写"金"和"荣"。好了不起啊,我真想摸摸他的后脑勺。荣宇的黑发又是多么滑腻和柔软。我好想再拥抱他,只要一下就好。只要可以,我愿意付出任何代

/立 冬/

价。十一月的风穿过厨房窗户的缝隙,恶狠狠地吹进来。

——我还记得。

——什么?

——荣宇的眼神。

——……

——我的宝贝看到火时的眼神。

——……

——我过生日的时候,你给我买了蛋糕,我们一起在餐桌边点蜡烛。那是荣宇第一次看到蜡烛,好像看到了多么奇妙的事物,盯着看个不停。当时荣宇还不满两周岁,我开玩笑问他,荣宇啊,今天是妈妈的生日,你想为妈妈做点儿什么?你知道荣宇做了什么吗?这个连话都不会说的孩子想了一会儿,突然用力拍手。荣宇给我鼓掌,祝贺我出生……

妻子哭了,像结束演奏接受几千名观众起立鼓掌的钢琴演奏家,被人们抛出来的鲜花包围、淹没。她像在屋檐下避雨的人,在我扶着的壁纸下面啜泣,顶着米黄色底上密密麻麻镶嵌着不知名的白色小花儿的壁纸。那些花儿,好像肆意抛向妻子头顶的花圈,又像被恶意抛向活人的菊花。我们知道,起初向我们表达叹息和遗憾的邻居后来又是怎样对待我们。他们躲着我们窃窃私语,仿佛会被我们巨大的不幸传染。当我看到躲在画着对对白花的壁纸下的妻子时,我感觉妻子正在承受邻居们的"花圈攻势",仿佛看到很多人用长长的花枝抽打妻子,"我已经为你哭过了,你

23

就不要再哭了"。

——别人不懂。

我呆呆地重复着妻子的话。

——别人不懂。

说完,我感觉自己似乎彻底理解了妻子的话。妻子怔怔地抬头看我。空荡荡的瞳孔如同熄灭的荧光灯那样暗淡。妻子抚摸着荣宇亲手写下,不,是未写完的名字。刹那间,我感觉荣宇仿佛从某个地方哒哒哒哒地跑来,伸开双臂抱住我的腿,也不知从哪儿学会的,好像在默默地拍打妈妈的后背。这样的事情并没有发生,以后也绝对不可能发生了。这个简单的事实痛苦地啃噬着我的心。我终于垂下头去。啪嗒啪嗒,大颗的泪珠掉落到厨房地板上。即便在这个瞬间,我也无法放开手中的壁纸,却又无法不放开,只好端着双臂,像罚站似的站在那里。吸了水的胶如同我身体里的脓水向下滴落。距离寒流来袭还有很长时间,可是我全身都在发抖。两只胳膊也在剧烈地颤抖。

卢赞成和埃文

两年前赞成失去爸爸,迎来了暑假。赞成的爸爸在岔路口出了事故。赞成从奶奶那里听说,爸爸的卡车翻了,和爸爸一样葬身火海。

有一段时间,很多陌生人来来往往。赞成躺在廊台上,假装抚摸塑料警车,偷听大人们的对话。每次转向两侧都会嘎吱嘎吱作响的电风扇慵懒地传来"条款""故意""证据"之类的词语。门外是蝉鸣。有位吊唁的客人说爸爸"不是死于偶然"。原话并不是这么说的,不过这是赞成的理解。保险金一分也没有拿到。

那是漫长而炎热的夏天。

赞成住在K市一个高速公路服务区附近。那是个很小的社区,称得上邻居的只有稀稀落落分布在山脚下的几户农家。赞成奶奶在服务区的面食摊工作。每到假期学校不提供配餐的时候,赞成就常去服务区填饱肚子。小学生的步伐需要四十分钟才能到达，仅用五分钟就把饭吃得干干净净，然后再走回家。奶奶每天给赞成两千元，作为餐费和零花钱。天气不好或者不想直接回家的时候，赞成就坐在紫藤树荫下的长椅上，假装自己是游客。这样一来，他感觉自己也变成了在这里短暂停留和休息的人，变成了刚刚从远方归来或者即将远行的人。有时，他一坐就是几个小时。天气闷热，假期漫长。那年夏天，不知为什么，一切都令人厌倦。

在服务区领工资之前，赞成奶奶在疲劳驾驶休息站卖了几年咖啡。那是个岔路扩张形态的停车空间，有移动式卫生间和生锈的健身器材。哪怕高速公路因为连日的暴雨而被水雾笼罩，哪怕黄沙遮挡视野，奶奶也总是坐在同一个地方等待客人的到来。那时候，赞成收获了几条重要的人生经验，那就是赚钱需要耐心，而耐心并不能保证带给你什么。赞成听着鸟鸣和风声，吃着汽车尾气和大人们的哈欠长大。光天化日之下，在汽车里睡觉的人们看上去就像惨遭疲惫杀戮似的。或者说，疲劳驾驶休息站本身就像汽车墓地。赞成耍脾气或大声哭闹的时候，奶奶就把手放在唇边，狠狠地批评他。当时赞成最重要的任务不是健康成长，也不是快乐玩耍，而是别吵醒正在睡觉的大人。

傍晚时分，红色的光芒弥漫在无尽延伸到地平线另一端的柏油路上,奶奶拿出香烟叼在嘴里,仿佛在告慰一天的劳苦。奶奶动作熟练地低下头,点燃香烟说,主啊,请饶恕我……

——奶奶,什么是饶恕?

正在装冰柜的手推车旁玩土的赞成问道。

——当作没有发生吗?

奶奶没有回答,而是重重地吸了口烟,两腮深深地凹下去,品味烟雾犹如劣质谣言般瞬间占领肺部的感觉,又像谣言制造者似的带着些许的愧疚和愉悦。

——要么,就是想要忘记?

赞成追问道。奶奶用干枯的手指弹落烟灰,毫无诚意地回答:

——就是求主高抬贵手。

每天傍晚,两个人就在院子角落的水管前清洗身体。手上搓出足够的肥皂沫,擦洗掉后颈、耳垂、鼻孔里的煤烟。奶奶往长了雀斑的脸上擦过护肤霜,到卧室铺上两条厚毯子,然后坐在被子上数当天赚的钱,问尚未上小学的赞成:

——你不会上大学的,是吧?

赞成躺在被子上,哼着动画片的主题歌,回答说:

——那是什么?

奶奶悄悄地看了看赞成,顾左右而言他:"谁说不是呢。"

乡村的夜漫长而无聊。为了节省电费，一到傍晚奶奶就关掉所有的灯睡觉。赞成听着奶奶的鼾声，望着天花板，直到眼皮变得沉重。偶尔也会因为太无聊而在黑暗中独自蠕动小手做什么东西。拇指直竖起来，另外的手指每两根一组，紧贴着做出小狗的形状，是酷似杜宾犬或牧羊犬的警犬。

"这种时候要是有个智能手机就好了。"

赞成记得爸爸曾用手机自带的手电筒照亮过天花板。映在墙上的狗的影子就是用手电筒做出的效果。赞成的两对手指展开、聚拢，模仿狗叫的样子。因为没有光而无法形成影子的小狗在赞成的手腕之下无声地吠叫。

一天又一天过去。围墙外青蛙的叫声换成蝉鸣，又换成蟋蟀的鸣唱。奶奶偶尔会把脸贴在赞成的脸上说，我的小狗狗。奶奶向来吝啬于身体接触，她的拥抱尴尬而又令人欣喜，赞成含糊地笑了笑。

——我的小狗狗，快快长大，你要快快长大，孝顺奶奶对不对呀？

睡不着的时候，赞成经常凝视着黑暗中空荡荡的墙壁胡思乱想。这种时候他总会想起奶奶说过的"饶恕"。发生过的事情不可能变成没有发生，忘不掉的事情以后会怎样呢？都去了哪里？主怎么总是对奶奶高抬贵手？他们关系很好吗？一年又一年过去了。奶奶的工作从疲劳驾驶休息站换到了服务区，赞成也长大了，长成在任何地方都不会哭泣的少年。话虽这么说，其实他也只有十岁，爸爸去世的时候还是不能不哭。

* * *

爸爸去世一个月左右，赞成第一次遇到那条狗。遇到那条狗是在奶奶工作的高速公路服务区。狗被拴在男卫生间旁边花坛的铁丝网上。这是一条白色的混血小狗，很难准确说出是什么品种。四条腿直挺挺地站着，眼睛死死地盯着公路尽头的某个点。好像这样就能理解发生在自己身上的事情。铁丝网和狗之间的锁链绷得紧紧的，仿佛马上就要断开。赞成瞥了狗一眼，漫不经心地从它面前经过，去奶奶工作的面食摊吃午饭。

那天傍晚，赞成在服务员快餐厅里吃了暑期青少年特价套餐。平时，他很少一天来服务区两次。今天是奶奶让他出来买药，他突然对奶奶感到歉疚，所以买给奶奶吃。赞成吃完汉堡，拿着装有可乐的纸杯走出快餐厅。走到紫藤长椅后面的时候，他看到白天见过的白狗仍然拴在花坛旁边。仅仅过了半天，狗已经全然没有了白天的气势，完全没有了威风凛凛凝视远方的样子，闷闷不乐地耷拉着耳朵和尾巴，趴在地上。黑色的瞳孔里流露出的不是对主人的憎恨或埋怨，更多的是对"我做错了什么"的疑惑和自责。以前赞成也见过这样的狗,深夜被扔在路边,朝着前面的车拼命猛冲。

"拴在这里,大概是觉得至少要比被车撞死强。"

赞成知道留在服务区的狗将去向哪里,也知道运气不好的话会怎么样。虽然很遗憾,不过赞成还是想把狗交到大人手里。

"在此之前……"

赞成低头看了看伸着舌头喘粗气的白狗。

"先给它点儿水喝。"

赞成的视线停留在狗身上,把杯子里剩下的可乐吸了个精光,然后扔掉塑料盖和吸管,把手伸进杯子。

——……?

白狗抬起头,呆呆地看着赞成。眼神中带着轻微的戒备,却没有力量。赞成鼓起勇气,向前迈了一步。白狗围着赞成转圈,闻着他的体味,然后像下定决心似的,鼻子贴在赞成掌心上嗅了嗅,伸出舌头舔起了冰块。瞬间,某种软乎乎、冰凉凉、暖融融,柔软又痒痒的东西掠过赞成的全身。那是平生从未有过的感觉。赞成眨了眨眼睛。不一会儿,狗把冰块含在嘴里,咔嚓咔嚓嚼了起来。咔嚓——咔嚓——冰块粉碎的清爽声音传到赞成耳边。赞成静静地看着自己的掌心。冰块不见了,只剩下淡淡的水痕。与此同时,赞成的内心深处也冒出奇妙的痕迹,只是不知道是什么。狗抬起白色的长睫毛,注视着赞成。赞成急忙又把手伸进杯里。这是两年前的事了。

* * *

——埃文。

赞成这样叫那条狗。

——怎么了,埃文,哪儿不舒服吗?

如果按照人的年龄计算,埃文已经是年过七十的老犬了,赞成在它面前却像大哥。不知为什么,赞成总觉得埃文是比自己活得更久的弟弟,一位饱经沧桑的弟弟。赞成第一次叫"埃文"的时候,埃文在看别的地方。这也难怪,因为那不是它的名字。赞成没有失落,他抚摸着埃文,努力承认埃文曾经有过自己不知道的生活和历史。即便这样,有时他还是很好奇埃文的过去。以前它叫什么名字?主人是好人吗?都去过哪里?应该比我去过更远的地方吧?会不会像电影或电视剧里那样,跟着主人在海滩上欢快地奔跑?埃文还记得那时候的事吗?知道这些会不会是好事?如果知道的话,它现在想要去哪里?

奶奶看到埃文就不耐烦。她摇着头说,养一条狗和养一个人同样费功夫。

——也难怪,你没养过人,当然不了解。

奶奶用嫌恶的目光看了看埃文。

——再说它也太老了吧?

——它老吗?

——是的。你看它的牙齿,不管人还是牲畜,只要开始脱毛和掉牙齿,那就算完了。你连这都不知道,还想要养狗?

"是吗?"赞成面带疑惑,抚摸着埃文的后背。埃文的毛又短又硬,一点儿光泽都没有。

——什么都别说,明天你把它送回去。

赞成的脸上掠过失望的神色。

——不送回去不行吗?

奶奶根本不去看赞成的眼睛,而是用透明胶带粘走了堆在地板上的狗毛。

——家里有狗,不会来小偷,奶奶。

——闭嘴,我连我孙子都养不活,这么大把年纪了还要伺候狗……唉,更不要提它的屎和尿了。

奶奶不同于有着柔软脸颊和清澈口水的赞成,她知道衰老是什么。衰老意味着肉体渐渐液化,意味着汗水、脓水、口水、泪水和血水不断地从失去弹力而变得软塌塌的身体里渗出。奶奶不想在家里养一条老狗,一天天真切地感受这个过程。

——只要把我们吃剩的饭给它就行了,嗯?

奶奶往地板上用力地按着透明胶带,发着牢骚:"这讨厌的狗毛,清理不完了!"眼看奶奶无动于衷,赞成心里着急了,最后说出来的话连他自己都大吃一惊。他说的是……埃文由他自己"负责"。他有生以来第一次说出这样的话。

/卢赞成和埃文/

那时候,赞成经常被噩梦折磨。自从奶奶让他住进爸爸住过的房间,跟他说"现在你也长大了,一个人睡吧"之后。赞成每次都做相似的梦,梦见一辆小型冷藏卡车朝自己驶来。卡车里装满拔了毛的食用鸡,在漆黑的公路上疾驰,发现站在中央线的赞成之后来了个急转弯,随即失去重心,倒向路旁的悬崖。悬崖底下发出爆炸声,伴随着冲天的火焰。赞成在路边焦急地徘徊。那里,还有人呢,好像是我认识的人。周围聚集了很多看热闹的人,他们说"怎么总是传来好闻的味道"。赞成冲着人们高喊救命。奶奶不知从哪儿赶来了,手放在唇边,发出"嘘"的声音,亲切地哄着赞成,别哭了,别哭了,宝贝。

——你要是哭……

——……

——客人们会被吵醒的。

带埃文回家那天,赞成难得什么梦都没做,睡得很沉。他觉得是埃文在保护自己。赞成暗下决心,如果哪天埃文出了什么事,自己一定要保护埃文。从那之后,赞成和埃文经常一起睡觉。赞成第一次知道和别人紧紧抱在一起睡觉是什么感觉。埃文温暖的小身体随着呼吸平和地起伏,这让赞成感觉心情平静。他经常揉搓着埃文柔软的脚掌,喃喃自语:

——是这样的,埃文,你看看,攒了很多吧?三万多元呢。你

33

问我用来干什么？嗯，以后我长大了要离开这里，我也去服务区喝杯咖啡。

埃文用腿撑着下巴躺下，眼皮慢慢地开开合合，先睡着了。赞成独自唠叨了整夜。

——你知道什么是骨癌吗？听起来像仙人掌的名字是吧？听说有这种病。如果不是我爸爸得过这种病，我也不会知道的。

一天又一天过去。用人类的时间来算是两年，用狗的计时方法则过去了十年。不知不觉间，赞成和埃文都成了彼此最有力的依靠。虽然行动迟缓，耳朵也不灵了，但埃文还是像其他狗一样喜欢玩球，喜欢散步。赞成把起了毛的网球扔到远处，埃文就从赞成眼前消失，然后必定带着球一起回来。找回东西，放到原位，这是埃文的拿手好戏。有时赞成感觉埃文叼给自己的不是球，而是别的东西。他知道，那个是球又不是球的东西改变了自己。

不过，埃文最近有点儿反常。

* * *

奶奶晚上十点多才回家，一手提着黑色塑料袋。

——用微波炉转一下再吃。

赞成往袋子里看了看，看到了包在锡纸里裹着白糖的烤马铃薯。赞成跟在下班的奶奶身后团团转。

——奶奶,埃文有点儿不对劲。

——如果你现在不吃,就放到冰箱里。

奶奶把平时装手机的手提包扔在卧室地板上。

——奶奶,埃文不吃东西。

——因为它老了,老了。

——我抛球,它也不动,走着走着就趴下了。

——我说过,因为它老了。

奶奶连连摇着胳膊,对一切都不耐烦的样子,然后哼哧哼哧地在地上铺褥子。

——你看它,总是舔自己的腿,从早到晚都这样。刚才我摸了摸它的腿,它突然要咬我。

奶奶正要躺在褥子上面,抬起上身,看了看赞成。

——不,不是真咬,只是做出要咬的动作。

奶奶闭着眼睛,胳膊放在额头上。

——奶奶,我们是不是应该带埃文去医院呀?

——少废话,快去睡觉,把灯都关掉。

奶奶的半袖衣服上沾了淡淡的泡菜汤。赞成在奶奶旁边蹀来蹀去,坐立不安。

——奶奶,我觉得应该带埃文去医院。

奶奶勃然大怒。

——带狗去什么医院,连人都去不了。我说没说过,让你把那个狗崽子送回去?趁奶奶没被你气出病来,赶紧去睡觉。别让我把大白卖给狗贩子,快去!

——不是大白!

赞成用从未有过的大嗓门喊道。

——什么?

最后赞成的话音变得模糊,小心翼翼地回答道:

——是埃文。

奶奶叹了口气,摆了摆手,让赞成赶快出去。赞成没再说什么,回自己房间了。他躺在黑暗的房间里,望着天花板。过了很长时间,他拿出藏在塑料警车里的三万元,放进钱包。

* * *

——哪儿不舒服吗?

宠物医生问道。

——埃文好像生病了。

——这家伙叫埃文吗?

——是的,《魔幻车神》里的车神名字。

——是吗?

医生露出职业化的微笑。在地方新城公寓商圈里,最重要的就是评价和传言。

——是的!我最喜欢的人物。埃文本来是一辆魔幻车,只要调动神斗卡,就会变成魔幻车神。

医生几乎听不懂赞成的话。他看着表格,老练地转移了话题。

——那么你是……卢赞成?

——什么?是的……

赞成用细弱的声音回答。姓和名同时被叫出来的时候,几乎没有好事。在教务室是这样,在爸爸住院的综合医院也是这样。

——所以呢,你到底是赞成,还是不赞成?

赞成经常听到有人这样跟自己说话,现在已经听腻了。他耸了耸肩膀,一副懒得回答的样子。

——如果说您的玩笑没意思,这点我赞成。

医生干笑一声。

——嗯……狗的主人是卢赞成?你一个人来的吗?父母呢?

埃文流露出明显的紧张情绪。大概是医院特有的消毒水气味和冷清气氛让它感觉不舒服。看到埃文的腿,医生大吃一惊,哎哟,应该很疼吧?他说像这种程度,很可能肿瘤已经扩散到其他部位了。

——肿瘤?

——是的,癌症。

——癌症?狗也会得癌症吗?

——当然了。

37

赞成知道癌症是什么。是和癌症相关的气味、尖叫,以及失魂落魄的脸?

——详细情况要看检查结果才能知道,不过情况的确不太好。

——检查?

——嗯,要抽血,还要拍照。

——那……都做完需要花多少钱?

——那要看做什么检查,不过要彻底检查的话要花很多钱,明天和父母一起来好吗?

赞成不动声色地摸了摸裤兜里的钱包。

——什么检查要做,什么检查可以不做,是您来决定吗?

——可以这么说。

——那么……三万元,不,请您给它做两万五千元的检查。

回家的路上,赞成的脸色很暗淡。车窗外,八月无情的翠绿正在悠悠地摇曳。阳光和风一如往常,赞成却突然感觉自己来到了另外的世界。几分钟的时间,同样的风景变得截然不同,这个事实令他吃惊不已。

"爸爸也会有同样的感觉吗?"

赞成低头看了看埃文。埃文坐在赞成的膝盖上,感受着公交车轻微的震动,点头打着瞌睡。赞成回想着从医生那里听到的每一句话:"可以手术,也可以不做手术。"这是什么意思呢?赞成冥思苦想。他不知道这种时候该做什么。猛然间,赞成感觉到某种冰凉而潮湿的东西,低头往下看,看到乳白色的大短裤上沾染了网球大小的古铜色污痕。污痕画出不完整的圆,越来越大。

——你怎么了,埃文,以前你不是这样的啊。

赞成趴在埃文耳边窃窃私语。与其说是责怪埃文,倒不如说是跟周围人辩解。因为是夏天,腥臊的气味很快就在车里蔓延开来。赞成本想稍微坚持一会儿,最后还是在距离目的地两站远的地方提前下了车。他把埃文放在田间小路上,温柔地说:

——埃文,走一会儿吧,嗯?

埃文紧贴地面,一动也不动。赞成不得不把埃文抱在怀里,走过夜幕降临的田间小路。三伏天抱着狗走路,没过几分钟衬衫就湿透了。

——快到了,再坚持一会儿。

听医生说埃文的听力下降了,赞成比平时提高了嗓音。医生还说,它总是到处撞头,视力肯定也变弱了。赞成突然对埃文心生怜惜,轻轻抚摸它的头顶。埃文的嘴角轻轻上扬,眼角却微微下垂,看起来像是在笑。赞成抬起头,打量剩下的距离。成群的蜉蝣在水田里温热的水面上飞行,仿佛在虚空中荡起时间的浪花。马上就到给埃文喂食的时间了,赞成加快脚步。

那天奶奶下半夜才回来。刚坐上廊台,奶奶就从口袋里拿出用保鲜膜包着的黄油烤鱿鱼,递给赞成。

——你自己吃,别给大白。就算给,也只给它鱼头。

——奶奶你喝酒了吗?

赞成从奶奶身上闻到了酒气和香水味儿。奶奶没有回答,而是从尼龙布包里拿出香烟盒,只剩一支烟了。点燃之后,奶奶像叹息似的小声自言自语:

——主呀,请饶恕我……

赞成犹豫着要不要把独自带埃文去医院的事告诉奶奶。

——明天是星期天,怎么能喝酒呢?不去教会吗?

——嗯。

——为什么?

——就是不去。

——和谁喝的酒?

——和元老牧师。

赞成听奶奶说过很多次了,知道元老牧师是多么好的人。他帮忙办了爸爸的葬礼;保险公司拒绝支付保险金的时候,也是他帮忙起诉。面对印花税、送达费等拗口的词汇,奶奶战战兢兢,牧师给了她巨大的力量。虽然保险费诉讼请求被驳回,但是"能够为之战斗,都是牧师的功劳",这句话奶奶说过多次。奶奶的话,赞成连一半都听不懂。

——牧师说他以后不想见到奶奶了。

——这是什么意思?

——还能是什么意思,什么意思都没有。啊,对了,这个。

奶奶转移话题,从口袋里拿出一件东西。

——你以前就说想要吧?

——什么?

——服务区区长换了手机,这个给我了。液晶屏有点儿破了,不过可以通话。他说我要是想要就拿走,我想到要给我们家的小兔崽子,就拿回来了。听说只要把什么芯片还是卡片装进去就行?

赞成眨了眨眼睛,接过老式智能手机。像奶奶说的那样,左侧边缘有一道蜘蛛网状的细缝,不过没关系。

——饭锅里还有饭吧?

赞成眼睛盯着智能手机回答道:

——嗯。

——奶奶先睡了,你玩会儿就去睡觉。大白碗里有酸味了,你洗一下。

奶奶往空烟盒上吐了口水,然后把烟熄灭,一扭一扭地走进漆黑的卧室。

赞成躺在小房间里,久久地抚摸着没有充电的智能手机,脑海里浮现出班里每到休息时间就聚精会神打游戏的同学们。他曾经在同学背后偷看过那些不知是机械还是生物的小东西,在方形屏幕里拥挤着粉碎的样子。赞成常常对那里的世界充满好奇,尤其是同学们只顾用短信聊天,或者赞成鼓起勇气搭话对方却眼睛盯着手机屏幕的时候。赞成被同学之间的交流疏远,又被那些词汇抛弃了。突然之间,他也有了手机,这真像个谎言。虽然还没有和通信公司签约,也没有开通账号,但他觉得只要有手机,自己好像随时都可以和想要的世界取得联系。赞成猛地意识到周围好安静,于是四处张望。哼哼了一整天,拖着病痛后腿的埃文在赞成旁边沉沉地睡着了。赞成的脸上笼罩着淡淡的阴影。宠物医生说,"如果不手术会有危险",不过"因为是老犬,手术之后也可能更不好"。这么两句简单的话,赞成却无法理解,不停地眨着眼睛。

——这么说,我什么都不能做了?

医生调整呼吸,平静地说:

——也有人选择最后的方法……很少见的,安乐死。

——那是什么?

——先把生病的动物朋友哄睡,再注射让心脏停止跳动的针,为了让它们轻松。

医生没有忘记补充说,因此后悔或痛苦的人也有很多,所以一定要慎重做决定。他首先想到的是要好好照顾埃文,在它支撑着活下去的日子里会非常痛苦,所以自己要在旁边好好鼓励。赞成并不知道怎样才算对它好,也不知道埃文真正想要的是什么。正在这时,对面房间里传来奶奶的叹息:"哎哟,死了才能摆脱所有痛苦,死了才会没有忧愁。主啊,静静地把我带走吧。"赞成转过身,死死盯着埃文。他和埃文离得很近,鼻子都快碰到一起了。

"我看你脸的时间比你看自己的时间更长……知道吗?"

埃文潮湿的睫毛轻微地抖动。赞成仔细打量埃文,从嘴角到胡须,从鼻翼到眉毛,上面凌乱地覆盖着"支撑着""活下去""非常""痛苦"之类的词语。

——埃文,我一直不明白,痛到想死的程度,究竟会有多痛呢?

——……

——埃文,很痛吧?我不了解,对不起。

——……

——埃文,如果你真的忍不了……以后如果真的太痛苦,一定要告诉哥哥,听懂了吗?

埃文哼了哼。赞成翻身平躺,在黑暗中久久注视着墙壁。

* * *

赞成在筒子楼的各个门前贴了A4纸。每四十张分为一组,每个角都事先贴好透明胶带。"高中国语家教""比家教更强大的1对3,精英团队""备战高考特别教材,大幅改变你的期末考试成绩单"。除此之外,钢琴、跆拳道机构和美容院、健身中心、炸鸡、比萨外卖的广告也很多。参加传单面试的时候,赞成稍稍提高了自己的年龄。幸好没要求看学生证。够不到的地方,他就踮起脚,或者原地跳起来解决。尽量避开需要按门禁密码的新建公寓,偶尔也会跟在业主身后偷偷溜进去。满脸稚气背着书包的赞成几乎从未引起怀疑。即便这样，当他正往别人家门上贴传单，有人推门出来的时候，他还是会忍不住怦怦心跳。

分配的工作量并不像想的那样容易完成。很多低层建筑和单间公寓都没有电梯，有的人警惕心很强，有的过于冷漠或者神经质。打工第一天，赞成就意识到自己把分发传单这件事看得太简单了。有生以来还从来没勉强做过这么吃力的事情。第一天就两腿僵硬，上下楼梯都很困难。每当想到要放弃，他就会像念咒语似的自言自语，一张二十元，一千张就是两万元……这样他就有力气支撑下去了。连续几天没去服务区，晚上睡得像昏厥。奶奶却没有觉得可疑，只问过一次，你的脸怎么晒得那么黑？

工作有时是独自一人，有时也会几个人组成小组集体行动。有一次，同组的中学生哥哥坐在公寓楼梯上喝电解质饮料，问道：
——喂，你为什么做这个？
赞成掩饰住慌张，转移了话题。
——哥哥你呢？
——我嘛，就是为了赚钱买烟。
——哦，好的……
——你呢？小学生都有零花钱的呀？
赞成犹豫片刻，坦率地回答：

——为了……治病。

——啊……

那中学生用和善的语气问：

——这些钱够吗？

赞成垂下眼皮，忧郁地说：

——我的狗很小，需要十万元左右。

——啊？什么？狗？

中学生有些混乱，转而又像老练的成年人那样发起了牢骚，现在宠物医院的费用也贵得很呢。

——不，不是的，听说狗安乐死需要这么多钱，可是我没有钱……

中学生认真想了想，突然骂了起来：

——你在说什么，简直是个疯子。

每当转完了规定的区域，赞成经常到小区游乐园里休息。他背着装有透明胶带、剪刀、传单、毛巾、水瓶的书包，坐在树荫下，看小区的孩子们玩耍。观察三三两两坐在长椅上分享育儿信息、谈天说地的妈妈们，看她们用饱含担忧、关注和爱意的目光注视自己的孩子。赞成悄悄地瞥向她们，"啊，原来妈妈是这样看自己的孩子""原来是用这样的目光对待孩子"。奇怪的是，每当这时赞成脑海里浮现出的并不是素未谋面的妈妈，而是埃文。他为埃文感到可惜，"如果埃文也能在这里散步就好了""如果把这些零食给埃文,它一定很兴奋"。最近就算赞成走到身边,埃文也不看他了。它目光模糊,呆呆地凝视着虚空。赞成往它的饭里打上生鸡蛋,或者瞒着奶奶偷偷把金枪鱼罐头放在它的饭里,埃文也置之不理。"是不是最近我总不在家的缘故?"赞成心生愧疚,可是必须尽快攒够钱,所以也没有办法。

* * *

攒够既定目标的那天,赞成趴在廊台上,做起了简单的算术题。一周时间发了五千多张传单,赚了十一万四千元。平生第一次拥有这么多钱。抚摸着真真切切的劳动所得,赞成意外地感觉到了自豪和意义。获得了最初没有想到的成就感,赞成感觉自己长大了。最后一天,因为太累他把四十张传单偷偷扔到了别人家的屋顶上。除此之外,这些钱真的是一尘不染。他把十一张万元和四张千元的纸币整齐叠好,装进钱包,然后走进卧室,悄悄地找到奶奶的身份证。签署安乐死同意书的时候,或许需要大人的身份证。

第二天,赞成起床比平时早,准备去宠物医院。奶奶不在家,已经去服务区上班了。赞成把盆子放在院子角落连接的水管旁,给埃文洗澡。他抓住埃文的耳朵,不让水进到里面,又往埃文身上打肥皂,每个部位都洗到。也许埃文还不知道这次洗澡意味着什么,乖乖地把身体交给赞成的小手。

——舒服吧,埃文?

赞成小心翼翼地揉搓着埃文的耳朵,它的血管透出淡淡的粉色。

——我没想到这样的部位也需要清洗,所以医生批评我了。以前你是不是很难受?

赞成从衣柜里拿出最显端庄的衣服穿上。他也不知道为什么要这样,只是觉得应该这样做。赞成的表情很平静,扣上黑色半袖衬衫的纽扣,又确认了钱包里的现金,坐在廊台上穿运动鞋。他开始莫名其妙地担心,万一在路上遇到日进会的哥哥们该怎么办呢?赞成用怜爱的目光望着洗澡之后变得蓬松的埃文。他抚摸着埃文的后颈,从仓库里拿出手推车。这是很久以前奶奶在疲劳驾驶休息站工作时用来拉冰柜的车。车子上面落满灰尘,赞成用橡胶水管冲洗干净,摘下棚子,里面铺上毛巾。他没有往里面放冰块,而是把埃文放到里面。赞成没有忘记在埃文身旁放小碗和水桶。想到这是最后的时刻了,心情难免有些奇怪,但是想到最后能帮帮埃文,也算谢天谢地了。今天要做非常重要的事情,一切都由他自己准备,想到这里,虔诚的紧张感油然而生。

真爱宠物医院位于小区内部便利设施密集的商街底层。这是新建的医院,外墙是清爽的奶油色,安装了明亮的落地窗。印有商号的黄色招牌上画着黑色的狗脚印,整体上给人以温暖的感觉。玻璃窗上写有"蜱病集中预防期"以及"寻狗启示"的印刷物,这让赞成产生了莫名的平静和信任。

——到了,埃文。

进入医院之前,赞成回头看后面。他弯下腰,想要和埃文对视。如果这样的话,他可能会改变主意,于是忍住没看埃文的眼睛。一手抓着手推车扶手,赞成在另一侧肩膀上用力,推动医院的玻璃门。刹那间,某种力量猛地把赞成推向外面。

——啊?

门上的金属铃铛发出叮叮当当的声音,玻璃门却纹丝未动。赞成一头雾水,后退了一步,这才发现贴在玻璃门上的告示:

"服丧期间,停业至周末。"

赞成不太明白"服丧"的意思,不过直觉告诉他,这个词和死亡有关。赞成的心里踏实了许多,这种感觉妙不可言。

赞成在商街周围徘徊良久,然后去了附近的小区游乐园。以前发传单的时候来过这里几次。他坐在紫藤树下休息。从一大早开始,整天都处于情绪紧张状态,疲惫感潮水般涌来。冰柜里的埃文睡醒了,抬起头,瞟了一眼正在担忧地望着自己的赞成。几个男孩子闹哄哄地走过赞成面前,他们看着手机自顾自地说笑着,打闹着。赞成畏畏缩缩地看着那些孩子,摸了摸自己鼓鼓的裤兜,站起身来。

/卢赞成和埃文/

回家路上，赞成走过公交车站附近的手机代理店门前。等公交车的时候，他看了看展示在柜台里的最新款智能手机。黑宝石般闪闪发光的光滑机器上映出赞成失魂落魄的脸。赞成觉得那些手机真的好美。

——你看，埃文，好美啊。

赞成的视线从柜台转移开来，看向冰柜里的埃文。埃文身体蜷缩，像个球，头埋在身体里面，沉沉地睡着，像死了似的。赞成摸了摸埃文，然后从裤兜里拿出老式手机，在角落裂了细缝的液晶屏上照了照自己。这时，他想起一件重要的事情。

——才想起来，还能剩下点儿钱。

除了要为埃文花的钱，还剩一万四千元，这个事实让他心潮澎湃。不一会儿，回家的公交车进站了。赞成没有上车，而是推开了手机代理店的玻璃门。

起先他只是想问问SIM卡的价格，却又不知不觉地坐到了店员面前，在店员递来的文件上清楚地写下自己的名字，还把奶奶的身份证递给对方。赞成看了看往自己的旧手机里装卡片的店员，然后转头去看停在代理店玻璃门前的手推车。虽然没看到在冰柜里睡觉的埃文，不过它肯定在那里。

——SIM卡一万元，充电器五千元，本来还要收三万元的开通费，不过现在搞活动，免费开通。

赞成拿回自己的手机，从钱包里拿出一万五千元递给店员。

从埃文的医疗费里拿了一千元,这让他多少有些介怀,不过在宠物医院关门期间只要节省零用钱,应该能补上。在公交车站前,赞成无数次按下手机按钮。裂缝的液晶屏上亮起光,就照不出自己的脸了。赞成按了相机按钮,第一次给在脚下睡觉的埃文拍了照片。"咔嚓",一辆冷藏卡车箭一般从赞成背后驶过。

埃文一口水也不喝,只是静静地睡觉。它没有像往常那样磨人或呻吟,也没有舔自己的腿。赞成整天都在玩手机,只有充电的时候才偶尔看一眼埃文。

——嗯,很乖,我的埃文。

赞成抚摸着睡梦中的埃文的后背,又把手机放到手中,下载各种应用程序,消磨时间。

——话费要是太多的话,就从你的零花钱中扣除,你自己看着办。

奶奶威胁也没用。那天夜里,赞成躺在被窝里,像很久以前爸爸做的那样,用手机的光做出狗的影子。

——埃文,你看,我把你的朋友们叫来了。

赞成大声说道。埃文一动不动。

——埃文,你看啊,我好像比爸爸做得更好,真的是狗,真的是狗,是你的朋友。

埃文还是没有反应。

两天后,午休时间快结束的时候,赞成去了服务区。当时是暑假,又恰逢周末,服务区里人山人海,都没有停车的空间了。奶奶疲惫地端着盛有喜面的托盘朝赞成走来。

——你找我要钱说是要买午饭的。

——啊,那个呀,现在好了,奶奶。

——好了,什么好了?

——已经用昨天拿到的钱解决了。

——我问的就是,什么解决了?

——就是有件事。快把面条给我。

赞成呼噜噜地吞着面条,注视着在里面洗碗的奶奶的背影。奶奶每次弯腰或伸腰的时候,昨天晚上赞成帮她贴的白色膏药就从腰间忽隐忽现。赞成把托盘放到餐具回收台,然后走到加油站旁的藤木长椅边坐下,玩起了智能手机。他希望有很多人看到自己玩手机,可是没有人注意到他。他们有的去卫生间,有的在禁烟标志牌前吸烟,拿着饮料和别人简短聊天,每个人都在埋头做自己的事。赞成混在周末的人潮之中,用手机一遍又一遍地看《魔幻车神》。突然,他想起三天来还没和任何人通过电话。他不知道任何人的电话号码,也没有人知道他的号码。要不要打电话到教务室,问问同班同学的电话?他思忖片刻,想到要和老师通电话,还是不太情愿。

"要是爸爸还活着,我就可以打给爸爸了。"

思考了很长时间,最后赞成从钱包里拿出宠物医院的名片。

"服丧期间,停业至周末",他想起这句话,却还是按了医院的电话号码。

"说不定已经开门了呢,如果有人接电话,我该说什么?"

手机里传出熟悉的信号音。明明没有做错什么,赞成却心跳加速。长长的信号音接连响过几次,还是没有人接电话。宠物医院里没人接电话,这个事实带给赞成莫名的安心感。他把名片放回钱包,数了数剩下的钱。十万三千元,这个数字不够带埃文去医院。只要过了今天,那么一定……赞成暗下决心,站起身来。这时,放在膝盖上的手机掉落到柏油路上。赞成脸色苍白,慌忙捡起手机,先看裂缝的左角。他把手指放在蜘蛛网状的细纹上,慢慢地揉搓。漂亮的玻璃颗粒粘上了指尖。赞成的眼睛沉重地闪烁。

回家路上,赞成伸出手,左右摇晃手机,在阳光下仔细观察。光芒到达黑色的液晶屏幕,像浮在水中的油脂似的顺滑地荡漾,同时也在赞成心里荡起了微小的满足感。液晶屏上贴了保护膜,看起来像新的一样,边缘的裂痕似乎也不那么明显了。他对自己多少有些失望,但还是为自己辩解"那是无法避免的状况"。怀着过过眼瘾的心情,赞成走进服务区的电子商品卖场。他在装饰品柜台前停留了很长时间,抚摸着一尘不染的透明保护膜,情不自禁地嘟哝着"三天……"三天左右……埃文应该可以等待吧?像以前那样再坚持一下,不用多,只要三天,不行吗?赞成计算着身上已有的钱和可能攒到的钱,不知不觉就站到了收银台前。回过神来一看,钱包里转眼只剩下九万五千元了。

那天夜里,埃文开始惨叫,以前从来没有这样过,好奇怪。埃文望着天空,发出狼嚎似的咆哮。赞成被惊醒了。他站起来,双手捧起埃文的脸。

——怎么了,埃文?出什么事了?

埃文用力抵抗,往地板上撞头。仔细一看,它眼睛周围粘满了眼屎,嘴里也发出难闻的臭味。这一刻,赞成捂住嘴巴和鼻子,转过头去。

——哎哟,这条讨厌的狗!

奶奶在卧室里大声喊道:

——总是叫什么叫,讨厌死了!哎哟,怪吓人的,赶紧把它扔出去。

为了不惹奶奶生气,赞成代替埃文压低了声音:

——埃文,对不起,我们再坚持三天,就三天,到时候大哥我一定……你乖吧?再坚持一下,就一下……

* * *

两天过去了,赞成在睡梦中听到奇怪的声音,被惊醒了。迷迷糊糊地睁开眼睛,发现埃文正在舔自己的脸。它的双脚放在赞

53

成胸前,脑袋在赞成的脸上蹭来蹭去,好像是提前告别的样子。感觉和摇着尾巴露出肚皮的时候不太一样。很奇怪,赞成有点儿想要流泪。最近埃文总是睡觉,哪来这么大力气?难道是奇迹般有了好转?心底里无谓的希望犹如装在杯子里的水,轻轻颤抖。大概是无力再动下去了,埃文的头深深地埋进赞成腰间。赞成在黑暗中窃窃私语,"好的,好的",声音中夹杂着困意。

第二天,天刚蒙蒙亮,赞成急忙去了市中心。今天他打算直接去医院,签署安乐死同意书,预约时间。这样就不会再动摇了,也可以防止乱花钱。走到宠物医院之前,经过大型文具店的时候,赞成停下了脚步。柜台里展示着花花绿绿的手机壳,赞成发现了画有《魔幻车神》人物的商品。下意识地看了看价格,三万四千元。猛然间,赞成脑海里产生了从未有过的疑问。关于安乐死,是不是从开始就想错了?比起促成埃文的死,趁埃文活着的时候度过更有意义的时光,那或许才是"对我们俩都好"的事?

回家的路上,赞成脸上充满忧虑。不知不觉间,手里只剩下六万七千元了。感觉一切好像都很妥当,都是必需的过程,可是很奇怪。赞成拖着沉重的脚步,摇摇晃晃地走在似乎格外漫长的田间小路上。现在不同于手里有九万多或十万多的时候,六万七千元距离十万太远了。要想重新攒够十万元,还需要发出两千张传单。两千张,想都不敢想。他没有勇气直接回家,于是去了服务区,坐在藤木长椅上抚摸着新买的手机壳。直到傍晚,他才起身离开,去服务区饰品柜台买了喂给埃文的鱼糕棒。

"要不要再买一个,我自己也吃?"

闻到油香味儿,饥饿感油然而生,但他忍住了。赞成本能地知道,这种时候付出小小的牺牲,稍微克制欲望,心情会更好。提着装有鱼糕棒的黑色塑料袋,赞成摇摇晃晃地走了四十分钟,终于到了家。所有的灯都关了,家里比平时更暗。赞成打开大门走进院子,故意大声说道:

——埃文!哥哥买了零食,过来,是你喜欢的鱼糕棒。

赞成脱掉鞋子,走上廊台。

——埃文!快看呀,回来的路上我也很想吃,但为了给你留着,我强忍住了。你肯定不知道我忍得有多么辛苦吧?

想象着埃文开心的样子,赞成推开了小房间的门。埃文不在。

——埃文!

赞成提高嗓音。家里安静得吓人。他对自己熟悉的世界产生了违和感。

——埃文!你在哪儿?

赞成的声音在夜晚湿漉漉的原野上荡起回声。

"眼睛看不清楚,腿也有病,这个家伙会去哪儿呢?"

赞成感觉到了不安,担心埃文会出什么事。早知道这样,应该拴条狗链。因为埃文身体柔弱,他就掉以轻心了。

"走不了太远的。"

赞成打开手机手电筒功能,一步一步拓宽搜索范围。埃文是小狗,所以要仔细观察脚下。

——埃文!不要搞恶作剧,嗯?

赞成按捺着蹲坐在地放声痛哭的心情,加快了脚步。当务之急是找到埃文。

赞成望着远处亮灯的高速公路服务区。他自己也不知道为什么要去那里。也许是因为那个时间能去的只有那里了吧。要么就是因为太害怕了,想去找奶奶。赞成调整呼吸,尽可能理智地做出判断。万一埃文是凭借自己的力量去了某个地方,那很可能会去以前去过的地方。这个地方极有可能是他也知道的地方。赞成心存期待,或许埃文要比预想中离自己更近,而且非常近。赞成打算去面食柜台问问奶奶,埃文有没有来过。当他经过加油站门前的时候,突然被不祥的预感团团包围了。瞬间,他满脸通红,心跳加速。因为他在加油站垃圾桶旁看到了熟悉的袋子。不知道里面装了什么,袋子下面鼓鼓的,袋口用绳子捆得结结实实。

"不会的,不可能。"

赞成心里打着小鼓,假装没看到,径直走了过去。殷红的鲜血从袋子下面慢慢流出。赞成以前见过相似的场面。一群野狗守护着倒在高速路边的同伴。爸爸在驾驶席上连续闪了几次远光灯,可是那些野狗依然围着死去的同伴,虎视眈眈地看着这边。

"可是我的狗不是流浪狗啊……"

赞成转身往餐厅方向走去。这时,他听见几个哥哥的叫嚷声。他们胸前印着加油站的标志。

——哎哟,我都说不是了,你还这样。

——唉,怎么可能呢?

——哎呀,真的,那条狗好像故意冲过去的,好像在等着汽车经过。

赞成在那个袋子前面伫立了许久。几度冲动想要解开绳子看看,最后却又没有。更多的鲜血从袋子下面流出。摸起来应该还热乎。不一会儿,赞成转身走了。最终他也没去看袋子里装的是什么,右手紧握着手机离开了。

周围更黑了。赞成拖着僵硬的身体,走上高速公路旁的泥土路。几辆车响着吵闹的喇叭声,从赞成身边呼啸而过。赞成低下头,看着自己的手掌。手电筒功能使用太久,手机已经发热了。看到凝结在手心里的汗珠,他突然想起第一次遇见埃文的日子。那在手心里闪烁的冰块和某种软软的凉凉的却又暖暖的痒痒的东西、现在再也摸不到的东西揪住了他的心。他一时不知道该怎样称呼这种东西,就这样走在黑夜的路边。几辆大型货车呼啸着驶过赞成身边。他的脑子里突然冒出"饶恕"这个词,只是说不出口。仿佛他的脚下不是路,而是薄冰,不知从哪儿传来"咔嚓咔嚓"的缝隙开裂的声音。

对　面

李修一边叠毛巾一边说，今年圣诞节一起去鹭梁津水产市场。

——鹭梁津？

桃花在厨房里择菠菜，转过头来。说是厨房，其实距离客厅只有几步远，不过跟另一个人说话的时候，还是要稍微提高嗓音。

——哦，水产协会在那里。

桃花忧心忡忡地把菠菜泡在冷水里。成长于严冬暴雪的草停留在城市的自来水中，像花一样绽放。

——去那儿也没用，乱糟糟的，只会被宰。

桃花从水中捞出菠菜，双手满是绿意。李修坐在客厅地板上，看着搞笑节目哈哈大笑，眼睛盯着电视屏幕，慢吞吞地叠着毛巾。按照桃花的模式，横向折三次，纵向折一次，方方正正的毛巾层层摞起的时候，他总会不由自主地想到"我们家都是卷成圆形的"，不过这里毕竟是桃花的家。虽然李修花了些钱，但这就是事实。

——哦,我有个哥哥在那里,以前他就让我去他店里,还说给我优惠。

这天两人睡得比平时香甜,这要归功于晚餐桌上的蔬菜。桃花整夜都感觉到绿色的碳长久燃烧的气息。感觉像是低亮度闪烁的植物能量清幽地照亮黑暗的身体,灵魂也朝那个方向伸出手,让光芒照亮自己。睡梦中变换姿势的时候,桃花几次都觉得胃里好舒服。

——可能因为这是应季蔬菜吧?

桃花讲述着前夜的舒适,李修翻身抱住桃花。桃花觉得这种说法很奇怪。因为职业的缘故,桃花对降雨概率或者风的强度、积雪量比较敏感,对她来说,"应季"近年来已经消失了。就拿今天来说吧,虽然距离圣诞节只有一天,但是天气预报的最低、最高气温却都在零上。听说日本某市的樱花已经盛开,纽约白天气温也超过18度。总之今年的冬天不像冬天的样子。春天从未来漏出来了,像水从管子里漏出来。

——明天休息吧?

李修把被子卷到腋窝下,看了看桃花的脸色,太阳还没升起,眼角带着困意,意识还有些恍惚。桃花"嗯"了一声,从梳妆台镜子里看了看李修。他头发间又添了很多白发。

——不过后天要出去。

桃花摇晃着头,检查眼角皱纹里有没有粘粉。她用身体感受到自己已经过了盛年。盛年已过,懂得了蔬菜的味道,也懂得了水的味道。谁能想到活着活着就会懂得水的味道?职场上思恩经常说,"三十来岁是人生中体力、资历和经济等综合实力最好的时候",不过桃花知道,自己和李修都迎来了"吃草"会让胃舒服,"年纪大了"会脱毛的时期。

　　——我走了。

　　桃花怔怔地注视着李修伸出被窝的光脚。以前出门,她经常亲吻李修的脚背。一手握住他的脚,抚摸长有汗毛的脚趾,再放回被窝。桃花凝视着那只脚,那是陪自己去过很多地方的恋人的脚。然后什么也没做,直接转过身去,小心翼翼地打开卧室和厨房之间的半透明推拉门,跨过门槛。李修从枕头上移开头,大声说道:

　　——对了,我今天要出门。

　　——去哪儿?

　　——泰安。

　　——做什么?

　　——元德的婚礼。

　　——啊……是今天呀,晚了吗?

　　——不,婚礼结束我就回来,还有很多事要做呢。

　　知道了。桃花应了一声,关上推拉门。脚伸进整齐摆放在玄关门口的黑色牛皮短靴,从外套口袋里拿出雾霾口罩。和大多数职场人一样,她抵抗着困意和寒冷,走进被雾霾淹没的城市。外面的空气进入肺部,感觉血液在体内流淌的速度更快了。不是身体状态发生变化,而是换了身体的感觉。桃花走下6号线地铁站的楼梯,用手机查看地铁时间,心里暗自决定,今天晚上一定要提出分手……这样的状态已经持续到第二个月。

* * *

桃花工作的地方在高楼大厦林立的城市中心。她在位于首尔市钟路区的首尔地方警察厅交通安全和综合交通信息中心工作。第一次来到总部五层的时候,桃花被几百台监测屏幕吓坏了。那是灾难片中见过的现代系统的现实版吗?她感觉自己好像进入了螳螂或蜻蜓的眼睛,不,更像是坐进了"行政"这个高等生物的大脑。

在首尔,每天有四百万以上的车辆来来往往。交通信息中心对每条公路的情况进行分析,传递给广播或网络电视台。负责这件事的是二十四小时常驻交通信息中心的解说员和警察。除了电视台记者,还有三名进行现场直播的警察厅职员。将近十年兼做制片、剧务和播音员的崔警卫,广播资历八年的朴警司,以及刚做警长没多久的桃花。

/对面/

12月24日,全国微尘浓度极高。"以天为友,以国民为天"的气象厅是这样预报的。市民根据当天的天气确定交通方式,调整业务。暴雨、高温或其他极端天气出现的时候,保险公司会格外紧张,电视购物编制表会重新调整,大型卖场的策划组变得忙碌。综合交通信息中心也要竖起触角。像一片雪花的意志汇聚起来变成暴雪,监控里的风景汇聚起来就成了"信息"。桃花背诵着木、桥、津、浦、川、谷、窟等名词,掌握各条道路的特征和来历,再把自己的理解简明扼要地概括出来,传达给外界。桃花尊重自己所处组织的规则,信赖那些没有修辞、没有夸张,也没有歪曲的真实语句。比如,"内环路弘济入口到弘智门隧道车辆增加,预测会发生拥堵",或者"奥林匹克大道升水大桥附近发生车辆碰撞事故,请注意安全驾驶"之类。这些话对人们是有帮助的。不是出于善意或温情的分享,而是以技术和制度为依据的公益。自己也参与了这个过程,她感觉很骄傲。何况是在所谓的首尔中心的中心,首尔地方警察厅办公楼就在朝鲜时代王宫之一的景福宫附近。计算从首尔到地方距离的时候,起点也是在光华门。

直播开始五分钟前,桃花用温水润了润嘴唇,习惯性地"哼"了一声。整理衣服,拿好提示卡,站到镜头前。卡片背面是一只头扭向旁边的黄色虎头海雕,正瞪着眼睛。桃花舔了舔嘴唇,倒吸一口气。不一会儿,兼任制片和剧务的崔警卫发出信号。

——下面报道55分交通信息。

一大早,桃花明朗而健康的声音在市内各地扩散开来,宛如雨滴,宛如钟声,零星而又接连不断。镶嵌在桃花肩膀上的无穷花蕾图案的银章在灯光下发出清冷的光芒。

* * *

晚上九点多,李修到达首尔南部汽车站,下了新郎方面租来的大巴,跟朋友们告别,然后转身去往地铁方向。这时,几个大学朋友抓住他的胳膊,说好久不见了,到附近喝杯酒吧。李修借口说家里有事。有人发出了不知是撒娇还是炫耀的牢骚,"我们也喝不了太久","还得早早回家给孩子们送圣诞礼物呢"。李修不想在敷衍的对话中无聊地度过平安夜。漫长的岁月里,大家各自奔忙,友情和回忆都变淡了,现在哪个朋友都不如桃花让人放松。他又找不出理由推脱,只好稀里糊涂地跟在呜里哇啦的人群后面。

"就喝一杯"的酒局接连持续了三轮。凌晨三点多,桌子上只剩李修和东宇了。他们两个关系并不是很好。李修知道东宇最近开了家咖啡厅,但是倒闭了。无须直接联系,这样的消息也会传入耳朵。李修猜测自己的消息也会这样传播出去,最终以这样的方式成为话题,伪装成担忧的乐子,伴随着罪恶感的愉悦。提到某某出轨,某某离婚,某某没落的时候,李修也表现出过这种方式的关心。为了不显轻薄,还要掺杂适度的叹息,表达自己的遗憾。那小子学习很好的,谁想到会这样呢;人生要往远了看;某某已经当上部长了;谁都没想到他会这么有出息。一张张嘴巴先是回顾同样的起跑线,然后寻找教训,还原线索。如果出现沉默,很快就会有人找到新的话题。说不定其他同学早已对别人的生活漠不关心了,只有李修独自做出这样的猜测。李修从第三轮酒局离开,和东宇肩并肩去了海鲜大排档。菜刚上来,东宇就瘫倒在桌子上面。望着年近四十的朋友荒凉的头顶,李修独自喝了一个多小时。凌晨五点左右,感觉有人摇晃自己的肩膀,他才醒过来。李修,起来,该回家了。上学时只说过几句话的同学扶着他,拍着他的后背。不,不,我有钱,我来买单。知道了,臭小子,刚才就是你买的。争吵一番之后,两个人跌跌撞撞地走上街头。

——师傅,去新寺洞。

——新寺洞?

——对,不是江南新寺洞,是恩平区的新寺洞。

李修坐上出租车的后座,装出安然无恙的样子。换在平时,他会为了节省交通费而撑到首班地铁时间,但是今天喝了太多的酒,身体不听使唤。

——到哪条路?

——请送我去江边北路。

李修眨了眨惺忪的睡眼,额头靠在车窗上。远处路灯下飘浮着灰蒙蒙的尘土。今年冬天的温度异常是因为什么厄尔尼诺吧？厄尔尼诺还有个名字叫圣婴，因为经常出现在圣诞节前后，所以遥远国度的渔夫们这样称呼。这是从国外远海开始，波及韩国的现象吗？李修想到了人生小小的偶然和无法挽回的结果，没有任何教训的失败。过去的十年里，留在自己生命中最宝贵的东西是什么呢？想着想着，他终于奈何不了沉重的眼皮，晕厥般睡着了。没过多久，他猛地打了个寒噤，醒来看了看四周，又打起了呼噜。

同一时间，桃花在家里注视着电视屏幕。客厅里灯也没开，她跪坐在地，不停地换频道。狭窄的客厅里，四十七寸壁挂式平板电视独当一面，那是几年前李修纪念自己通过公务员考试而买的，不过也包含着庆祝就业的意思。下班后，桃花流露出不解的表情。李修说，反正结婚也要买，索性就买了好的。因为是装饰品，价格很便宜。"用我的卡买的，别担心。"

——在哪儿？给我打电话。

桃花给李修发了短信，心里想着"总是这个样子……"每次桃花准备分手的时候，两人之间都会发生点事情。要么是李修将要去新单位面试，要么是桃花升职，要么赶上李修的生日，要么有人生病。喜欢预测未来、下结论的桃花早就清楚地预料到了今天的状况，因而郁郁寡欢。饮酒过量的李修将会痛苦一整天。被子沾满烟酒的味道，他大汗淋漓地睡到下午，嚷嚷头痛。这样一来，今天又不能分手了。

桃花呆呆地注视着电视屏幕上正在转播的UFC比赛。这是李修喜欢的节目。身穿闪亮战靴的韩国选手向对方做个手势,示意对方进攻。臀部打了大号字的贷款企业广告。"真是的,没有一天不播贷款广告。"她想起李修发牢骚时的面孔。桃花机械地换着频道。大概是冬天的缘故,某销售机构在卖窗框。另一个频道说,雅马哈三角钢琴每月只需79917元。大屏幕发射出来的电波把桃花的身体照得花里胡哨。以前和李修去水族馆的时候,两个人的头上也有类似的花纹闪烁。那是水影,还是光影呢?当时李修伸出一只手自言自语,"光也会结冰吗?"桃花像是在欣赏美丽的座头鲸,观看着资本和商品懒洋洋游泳的样子。显而易见又枯燥无聊,她偶尔也会像丢了魂似的盯着不放。桃花面无表情地继续按着遥控器。屏幕上,一位中年男性正在讲解自动冲洗马桶的原理,同时擦去夹在手指皱纹间的巧克力酱。正在这时,当当当,外面有人敲门。

* * *

桃花一打开门,李修就一头栽倒下去。半截身体撞在门上,另一半跨进了厨房。桃花双臂交叉,低头看着李修。皱巴巴的西装前襟粘的呕吐物已经干了。桃花蹲在门口,先帮李修脱掉鞋子。那是四年前李修进入房地产咨询公司时桃花送的黑皮鞋。桃花把李修的胳膊搭在自己头上,长长地垂下来,然后拉着他走向客厅。被女朋友的手抓住,有气无力的李修闭着眼睛,嘻嘻地笑。桃花在李修脖子下面放了垫子,从卧室拿来细纱被子,盖在李修身上,然后看着他的呼吸变得均匀、平稳。桃花斜躺在李修身旁,目不转睛地盯着相爱多年的恋人沉睡的脸庞,仿佛就算分手也不会忘记。一根线头从被子边缘露出来,跟随李修的呼吸轻轻颤抖、弯曲,然后又飞走了。

八年前,两个人在鹭梁津江南教堂第一次见面。那是个耳朵都要冻掉的寒冷日子,好像早晨七点钟左右。江南教堂以给鹭梁津备考生提供餐食而闻名。桃花和李修两人都不信仰宗教,那天却都拿着同样重量的白色自助餐用塑料碗,站在同一个队伍里。每次回忆起初见李修的瞬间,桃花的脑海里都会浮现出充满潮湿餐厅的饭味、煮牛杂碎的酱汤和辣萝卜的气味,而不是花的芬芳和风的气息。前来教堂吃饭的人们,几乎没有人互相打招呼。每个人都专心吃着碗里的饭菜,眼睛盯着教材。那天桃花也是戴着耳机,坐在餐桌最边缘的位置。看着印有"通奸""暴力"和"强盗"等英文单词的印刷物,舀着酱汤。她担心自己的背诵能力会不会下降,其实并没有听任何音乐。这时,李修主动跟桃花说话了。桃花拿下一侧耳机,露出"刚才你说什么"的表情,泰然自若地抬头望着李修。

——我说我可不可以坐在这里。

桃花缓缓点头,然后又把视线移回"警察英文单词总结,犯罪篇"。

桃花是个整洁而端庄的女子,好像叠好的毛巾。她有着很强的忍耐力,也正因为忍耐力强,所以知道快乐是什么。李修喜爱桃花的身体。冷冰冰的皮肤上像毛巾线头似的冒出鸡皮疙瘩的时候,李修就会变得喜悦而急迫。桃花也喜欢李修平淡而干瘦的身体和散发出淡淡米酒香味的腋窝,以及恶作剧似的轻轻一碰就会立刻变硬的红豆般的乳头。退伍之后,李修立刻埋头于公务员考试。桃花从体育大学毕业后先在国立体育中心做游泳教练,后来才去参加警察公务员考试。住在鹭粱津的两年里,桃花从不放松任何零散时间。她像叠毛巾一样,把属于自己的时间折叠起来使用。书面学习自不必说,每天还要通过握力器锻炼手劲,上午两次,下午两次,每次十五下。专注力下降的时候,她会毫不犹豫地在女性专用休息室里练习倒立。桃花的顽固经常成为读书室里的笑料。

经过复读,桃花终于在二十九岁那年拿到了合格证。那年夏天,李修在七级公务员考试中落榜。遇到桃花之前,李修已经有过两次落榜经历,起初并不是很沮丧。前辈们都说"七级或五级本来就需要三年起步",所以他以为这很正常。过了四年、五年,不知从什么时候开始,他变得焦虑了。桃花通过警察公务员考试之后,李修仍然独自留在鹭梁津学习。遇到桃花之前两年,和桃花在一起两年,桃花离开之后两年,共计六年。对于李修来说,也算是竭尽全力,尽己所能之后甩手离开。

李修放弃学习的契机就是"桃花"。他希望桃花提出要去什么地方的时候,自己可以坦然出门,毫无愧疚感;朋友们出去玩的时候,他希望可以不用为钱担心。不过这都属于琐碎的纠结。当时最让李修痛苦的是远远地目睹桃花独自成熟起来的过程。看着桃花的语气和表情、话题发生变化,看着桃花的世界越来越大,这种扩张的力量将自己推远。桃花是得到国家认证,有国家做担保的市民。自己算什么呢?不是学生,也不是职场人,只是个模棱两可的成年人。工作之初,桃花每天都倾诉集体生活中遇到的困难,甚至有些烦。然而从某个瞬间开始,她不再在李修面前谈及职场生活了。意识到这点之后,李修结束一切,离开了鹭梁津。怀着告别的心情,他头也不回,为了"头也不回"而咬紧牙关,乘上了1号线上行地铁。

在那之后,李修辗转在几家公司做过实习生,然后去了一家房产资讯公司。这里进入门槛比较低,但是对业务要求很高,压力很大。每次被初见的人拒绝、侮辱或者蔑视,李修就注视自己"差点儿就进入的地方""本来应该去的地方",阴沉着脸,回顾自己的人生是从哪里开始扭曲的。放弃学习当然也有好处。至少可以在欲望,也就是吃穿用方面宽松了。不过他需要练习才能适应这样的"自由"。

——几点了?

李修皱着眉头问。

——三点。

——外面下雪了吗?

——没有。

——那为什么这么黑?

——不是雪,是霾,雾霾。

李修一只手捧着腹部。

——哎哟,肚子疼。

换在以往,桃花会发出带着爱意的唠叨,递上一杯水。今天,她的神情很忧郁。

——李修。

——哦?

——今天我们不要出门了。

——怎么突然这么说?

——没什么,外面空气也不好,懒得出去。

——我昨天喝酒,回来得晚,你是不是生气了?

——不是,我看你状态也不太好。

——不，我可以出门。我这就去洗漱，今天我想和你一起吃美食。

桃花动了几下嘴唇，说道，如果真的想这样，那就在家里点比萨吧。

——不要这样，我们出去吃点儿好的，我有钱了。

——钱？

——嗯，元德给我打了五十万，是付给我的司仪费。

——五十万？那你给自己买件衣服吧，不是每天都抱怨没有衣服嘛，要么就存起来。

——不，这种钱就应该花掉。我们吃什么呢？比目鱼？石斑鱼？啊，两样都吃。

李修在浴室洗漱的时候，桃花收到一条短信，来自楼上的房东阿姨。还没看内容，桃花的身体就僵住了。这是经常搬家的租客常有的自然反应。这几天，桃花瞒着李修独自看房子。等这个房子租期结束后，她想把部分担保金，也就是五百万元还给李修。楼上找她有什么事呢？桃花一边严肃地猜测着各种可能性，一边上了楼。房东阿姨说出来的话完全出乎意料："明年春天我儿子结婚，他们夫妻俩要住这个房子，想请你们尽快搬走。"然后问她怎样算账比较好，从剩下的担保金中扣除三个月的租金如何。

——租金？

桃花瞪大眼睛问道。房东阿姨说，今年年初李修拿回了部分担保金，把全租方式改为半全租方式。对于做房产生意的人来说，像现在这样低利率的情况，没有理由拒绝半全租的提议。

——他拿走了……多少？

——嗯，一千万，先从中扣除一年租金，他拿走了八百五十万。

——……

——新郎没说吗？

——……

——唉，看来你真的不知道。他把印章和身份证都带来了，我还以为你都知道呢。

* * *

鹭梁津地铁站周围雾气笼罩。桃花和李修经过与地铁站相连的超市阴暗的过道，走上天桥。桥上很多地方都掉了漆，水产市场低头可见。密密麻麻的店铺上面排列着圆灯，发出明亮的光。两人都在鹭梁津生活了很长时间，还是第一次来水产市场。原本心情压抑的桃花，一下子就被新鲜而喧闹的风景吸引了。满眼都是或蠕动或蹦跳或游来游去的生物。迎合客人视线斜放的摊位，有的是阶梯式鱼缸，有的是装有冰块的泡沫箱子和红色盆子，里面扑腾着各种鱼类和甲壳类生物。菜板上的鱼用力扭动，喷着血。不过兴奋很短暂,李修找不到目的地,接连在原地打转。桃花终于不耐烦了。

——你打过电话吗?

——我觉得事先打电话,只会给别人添麻烦。

——像今天这种日子怎么也该预约才对呀,毕竟是圣诞节。

李修犹豫一会儿,拿出了手机,然后从口袋里拿出名片,慢吞吞地拨完号码,按了通话键。

——怎么了?

——啊?

——你的表情怎么这样?

——哦,因为……拨打的是空号?

李修在同一个区域又转了一圈。桃花的脸色已经僵硬了。

——嗯,奇怪,好像就是这里呀?

李修察言观色,猜测着桃花的心情,不得不向附近的商贩打听。戴着塑料围裙,穿着橡胶长靴的男人伸出握着名片的手,皱着眉头看了看李修的地图,最后他面露喜色。"啊,青海水产?"李修的脸上掠过希望和安心的神色。

——这里就是。

——什么?

——这里就是你要找的那家。

男人仰着头,示意李修看自己家写有"南海水产"的招牌。

——你认识以前的老板吗?

李修没有回答,神情复杂。男人说他前不久刚刚接手青海水产,还说前老板好像有什么解决不了的事情,走得很匆忙。

——如果你找的是这家,那就来对了。既然来了,那就请好好享用吧,我会好好为两位服务。

桃花从家里到现在,一直沉浸在自己的思绪之中,对讨价还价毫无兴趣。李修则很矛盾。他想慢慢看看其他地方,拿手机比较价格,掌握还价要领之后再交易。不过,如果他再转几圈的话,桃花恐怕会爆发。

——那是什么?

——这个吗?

——是的。

——这个是鲷鱼。

——鲷鱼?

——对,岩鲷。

李修顿时紧张起来。虽然不知道鲷鱼究竟是什么鱼,但是很贵,这点他还是知道的。男人凭借商人特有的爆发力迅速接话道:

——两位用餐吗?

——啊,是的。

李修不由自主地点头,却是不一定要买的意思。

——那要多少钱?

——称重才知道。每公斤十万元多点儿,我今天给你们优惠价,九万元。

李修快速地眨着眼睛,暗自担心刚才的想法被男人发现。

——鲷鱼是应季的吗?

男人迟疑片刻,回答说:"夏季捕捞的鲷鱼最多,不过冬季的鲷鱼味道最好。"

——哎哟,那又怎样,最好吃的时候就是最应季的时候,不买也没关系,先称一称吧。

李修一边想着快点儿离开,一边却又情不自禁地点头答应。万一称重之后不买,会不会看起来不是买不起,而是不想买呢?他想摆出"购买的姿态"。男人生怕客人改变主意,急忙拿起捞网,熟练地捞出一条岩鲷,放到绿色的天平上。

——我看一下,差一点儿三公斤……二十五万就行了。

李修犹豫了。老板说每公斤九万元的时候感觉还不真切,听说这一盘就要二十五万元,顿时有些发蒙。

——我再送你们两三条活章鱼。

桃花不明白李修"反正也不想买",为什么还要犹豫不决。这时,李修说了句出人意料的话:

——这个我要了。

桃花拉着李修的胳膊,窃窃私语:

——你疯了?

——这条鱼我要了。

/对 面/

男人急着促成生意。

——带回家吃吗?

——不,在附近吃。

男人的动作多了几分兴致和速度。他翻过捞网,毫发无损干干净净的鱼在水泥地上用力扭腰。青灰色身体上是淡淡的黑色花纹。男人把鱼放在操作台上,划开鱼腹,大胆又小心地去除内脏,剥下鱼肉。李修怀着尊敬和恐惧注视着男人工作的样子。

——头和内脏也要吗?

——是的,要。

也许是鱼比较贵重的缘故,男人连片鱼皮都没扔掉,全部装进了一次性盘子。李修知道自己现在有点儿轻微的激动。这是第一次花重金吃饭。心里七上八下,同时又觉得没什么大不了。不是房子,不是汽车,只是一条鱼而已。李修当然知道,"只是一条鱼而已",却曾经是自己一个月的生活费。事实上,他曾经用比这更少的钱度过冬天,直到夏季。桃花似乎放弃了一切,噘着嘴后退了几步。男人递过黑色的袋子,李修从旧羽绒服口袋里拿出一个白色的信封。他用心数着一张张万元纸币,愧疚和兴奋同时凝结在他的指尖。

两人提着黑袋子,走进阴暗的胡同。他们要寻找只收餐位费和酒水钱的饭店,这样的饭店在水产市场里很常见。犹豫了一会儿,最后直接去了南海水产老板推荐的店铺。从脱掉鞋子走进大

77

厅开始,两个人就魂不守舍。

两个人目瞪口呆地跟着服务员坐到大厅中央。餐桌间隔很小,前后左右都是喝醉酒的客人。环顾四周,足有两三百人坐在宽敞的大厅里,咀嚼或者吞咽,或者喋喋不休。桃花和李修刚坐下,桌子上就放好了盘子、筷子、勺子和调料,也没漏掉装着生菜、胡萝卜、尖椒的小筐。桌子上面铺着半透明的塑料桌布。不一会儿,他们买的岩鲷鱼片整齐地摆放在塑料盘子里,端了上来。刚刚断气的鱼,像丢了魂儿似的凝视着虚空。李修努力做出沉静的表情,把芥末酱挤在小小的酱油碗里。如果是鲜芥末就更好了。二十五万元的生鱼片,难道不应该搭配鲜芥末吗?李修按捺着心头的遗憾和失落,动起了筷子。

——尝尝这个。

李修朝桃花伸出手,和蔼地说。桃花看了看放在自己盘子里的厚厚的半透明肉片。李修夹起一块生鱼片,放入口中。为了不对自己的选择失望,他慎重地品尝起来。

——……不错啊。

李修尴尬地点头。虽然算不上惊人的美味,但是的确比其他鱼更嫩滑。

——是啊。

桃花缓慢地移动着颚关节。看上去两人很习惯这样的消费。

——您好!来一瓶初饮初乐。

桃花还点了平时不喝的酒。

——没事吗?

——嗯,一杯没事儿。

——明天不是要录节目吗?

桃花耸了耸肩。

——没关系……今天不是圣诞节吗?

李修身旁的男人突然提高了嗓门儿:

——这里!喂,这里,这里!

李修感觉到了身边男人的存在,没有表露出来,只是往桃花杯里倒了酒。男人责怪稚气未脱的服务员:"刚才我就让你们给换个玻璃杯,说了好几遍,到现在还没人理。"服务员面无表情地说"对不起",然后转过身,用中文小声嘀咕了几句。虽然无从确定,不过应该是骂人话。看到此情此景,李修亲切地对桃花说道:

——现在走到哪儿都是外国人的天下,是吧?

桃花机械地点了点头。李修突然察觉到气氛不对。他知道,越是这种时候,越是应该云淡风轻地冲掉这种不祥的感觉。

——昨天在去泰安的汽车上也有很多外国人。

——包车上吗?

——不,高速巴士。我要做司仪,所以早点儿下车了。蒙古吗?还是乌兹别克斯坦?有些看上去像中亚人的男人,好像是来韩国打工的。

——唐津有很多工厂。

——哦，不过那些人一路上都很吵，偏偏坐在我的前排和后排，用他们的语言吵吵嚷嚷，我连觉都没睡成，好累。

桃花夹起一块南海水产赠送的活章鱼，放入油碟。

——那你应该让他们安静点儿。

身体碰到盐的章鱼剧烈地扭动身体。

——我觉得他们可能听不懂我说话，再加上他们人多，我就忍了。不过呢，某个瞬间车里突然安静下来，他们好像约好了似的。

——为什么？

李修卖了个关子，似乎在等待戏剧性的效果。

——因为大海出现了。

——……？

——从西海大桥经过的时候，依稀的涟漪闪闪发光。生活在内陆的人们没有机会见到大海吧？几个人索性换到靠窗的座位，严肃地盯着大海，拿出手机拍照，大概是想到家人了，或者怀念起了什么，谁都不说话。不过这不是普通的宁静，而是巨大的喧闹中间突如其来的寂静，所以印象很深。

桃花用筷子翻着活章鱼，应了一句：

——是啊。

李修脸上隐隐掠过一丝失望。桃花又往自己杯里倒了酒。李修想要劝阻，又怕桃花嫌他唠叨，于是转移了话题：

——不再多吃些生鱼片了吗？

——吃腻了。

——啊……是吧?我们两个人吃这些有点儿多,对吧?

李修也早就吃饱了,却还是继续往肚子里塞剩余的肉。

——那也不能把这么贵的东西放进辣汤里啊。桃花,再吃点儿吧,就算硬塞,也得吃。

桃花冷冰冰地喝下第三杯酒。

——李修,我们认识有八年了吗?

——当然,都快十年了。

桃花没有正视李修的眼睛,压低声音嘀咕了一句:

——十年,跟狗的寿命差不多。

李修宛如全身缠满电线的圣诞树,灿烂地笑了。这是他感到不安时本能做出的举动。

——刚才我见到房东阿姨了。

李修这才恍然大悟似的点了点头。

——你用那些钱做什么了?

桃花刻意保持着礼节。

——家里需要钱吗?

李修摇头。

——有人生病了?

李修再次摇头。

——不会是打游戏了吧?

李修第一次直视桃花的眼睛,深邃的瞳孔里摇曳着羞愧和惆怅。

——我很快就会补回来的。

桃花的语气宽厚却又严厉。

——今年年初的事吧?

——我会尽快的,很快就补回来。

——不,不用。

——嗯?

——我最近在寻找独自居住的房子,你也……

李修又急又怕。

——桃花呀。

——钱……可以慢慢给我。房东要求明年三月份之前搬走,在此之前你可以收拾东西。

——桃花,对不起我没有事先跟你说,我会解释给你听……

桃花摇了摇头,似乎什么都不想听。这时,有人朝李修走过来,跟他打招呼。

——哦,大哥!

李修脸上掠过一丝慌张。

——大哥,你怎么来这儿了?

——啊,明学君。

刚才的气氛本来就不太好,桃花也不想跟陌生人打招呼,于是垂下眼皮。

——这周你怎么没来?这是本年度最后的学习时间,大家都

/ 对 面 /

等着呢。

桃花抬起头,看着李修。李修避开桃花的视线。明学这才悄悄地看了桃花一眼,似乎在问这个人是谁?明学温厚的眼睛里充满善意和好奇。桃花在心里自语,这是一双还没有经历过失败的眼睛……很久以前曾经见过拥有这样眼睛的人,自己也拥有过这样的眼睛。明学感觉到了他们两人之间的微妙气息,机敏地做出反应。

——啊,打扰二位约会了。你们先聊吧,我今年得到了哥哥很多帮助。一月初你能来学习室吧?到时候我把真题集还给你。谢谢你,大哥。我过来就是想跟你说这句话。

李修慢慢地抬头看明学,然后点了点头,露出似笑非笑似哭非哭的微笑,怪异而凄凉。明学离开后,桃花首先打破长长的沉默。

——公司呢?

——辞职了。

——每天穿着西装,又去鹭梁津了?这一年?

李修凝视着透明的杯底。

——为什么?

李修欲言又止,动了动嘴唇。

——怎么不说话?

——……因为这是最后一次。

——什么?

83

——只有不告诉任何人,我才能对自己说,这是最后一次。

——……

——不过,这次我就是毫无来由地感觉良好。应该会成功的。四年前我也说过是最后一次,不过这次真的是最后一次了。所以桃花,再等一等,真的就这一次。拜托了,就到明年夏天。

桃花冷静地注视着李修。想起很久以前,李修出门的时候,她会感觉心痛,"如果这个人就这样消失了,那可怎么办?万一他路上遭遇车祸该怎么办?"

——李修。

——嗯。

——我和你分手不是因为你没有钱,没有成为公务员,也不是因为你拿回了保证金。

——……

——只是我心里的某种东西消失了,好像没什么办法挽回。

——……

李修握着酒杯的手在微微颤抖。客人继续涌入饭店。在饭店角落,头戴军帽的老人们不悦地唱着歌,旁边的考生们在闹哄哄地干杯。辣鱼汤在燃气炉上沸腾,孩子们在周围大呼小叫地蹦跳,挂在墙上的大电视上脱北者正在批判北朝鲜的体制。寂静的夜,神圣的夜,就算有人找也会因为雾气笼罩而认不出来的夜晚,在几百人熙熙攘攘的生鱼片店里,所有人都在大声喧哗,只有李修和桃花默默无语。

/ 对 面 /

* * *

12月26日,空气质量下降到了"差"的水准。桃花到了交通安全科综合交通信息中心,换好衣服,分析昨夜积压下来的交通信息,准备广播稿。年龄跟桃花大姐差不多的朴警司看到桃花就问,你的脸色怎么那样?桃花一笑而过。市民收听最多的七点新闻由崔警卫负责,八点钟的节目由朴警司主持,桃花负责九点五十五分的节目。三人轮流主持,互相帮忙。

直播五分钟前,桃花用温水润了润嘴唇,然后站到摄像机前。她像往常一样整理着装,"哼、哼"地清了清嗓子,看了看提示卡。军绿色卡片背后,黄色虎头海雕凶狠而威风地瞪着前方。接着,崔警卫向桃花发出开始信号。桃花露出明朗而健康的微笑,开口说道:

——下面报道五十五分交通信息。今天交通量较小,空气质量较差。雾气和尘土混合,可视距离较短,请驾驶员朋友打开前灯。接下来是鹭梁津……

那么短暂的片刻,桃花没能说出话来。人们大多察觉不到,只有电台老前辈崔警卫用异样的目光注视着桃花。说出"鹭梁津"三个字的瞬间,她感觉有沉重的东西涌上喉咙。她知道这个单词混杂了多种回忆,相互交缠。在首尔市铜雀区鹭梁津洞度过一个个春夏秋冬,却从未真正体会过任何季节,渐渐凋零的恋人的脸庞浮现在脑海里。他在教会食堂里说:"我觉得你会喜欢就夹了满满一盘",炫耀着装满白色塑料盘的煎肉饼;书脊发黑的韩国史教材,沾在枕套上的白色发丝,眼角的皱纹,肌肤的气息,一切的一切都扑面而来。寒冷的冬日里,桃花瑟瑟发抖地打开家门,他用温暖的双手帮她缓解冻僵的耳朵;夏天,他调节电风扇角度,让更多的风吹到桃花这边。桃花这才明白,昨天下午见到房东阿姨之后,她感觉到的不是背叛,而是安心。仿佛早在很久以前,自己就在期待李修能够犯一次大错了。现在李修……去哪里了呢?桃花艰难地按下卡在声带上的往昔,咽了口唾沫,赶在崔警卫站出来之前,迅速地继续往下说,说着交通广播中常说的话,桃花信任的话,没有夸张、没有修饰,也没有歪曲的话:

——从鹭梁津站到鹭得站方向发生小轿车碰撞事故。目前事故已经处理完毕,双向行驶畅通。

桃花背后的大屏幕上播放着奥林匹克大道的实时路况。正在这时,一只鸽子飞过镜头,挡住了画面。屏幕上播放的不是路面风景,而是鸽子白花花的翅膀如同幻影般忽隐忽现。视频镜头追随着鸽子摇摇晃晃,像是在摇头。桃花呆呆地看了会儿,把视线转移到提示卡,准备播送下一条消息。不再寂静,不再神圣,悠久的庆典之后,永远的平日,12月26日。

沉默的未来

我有一个陈旧的名字。那个名字很长。为了念完这个名字，需要某个人的一生。有人说，这个时间其实也很短暂。几百几千年不停地呼唤才能叫出这个名字。如果有人全部念完，就会发现我的名字加倍变长了。听过我的名字之后，我也忘了我的名字。每当我想知道自己名字的时候，我就会在可能是我的名字也可能是我名字的局部的记忆里搜索。这样我就会模模糊糊地想起几条线索。

我是谁，我几岁？

我出生后的第一次啼哭，或许那就是我的名字。临终之际对着虚空说出莫名话语的某人的绝望，或许那就是我的面孔。承载在复杂语法里的单纯的爱，或许那就是我的表情。宛如濒临泛滥的水库，被话语充斥翻滚的悲伤，或许那就是我的性情。我记不住我的名字。但是我可以解释我是谁。不论你是谁，我的话都会被听成你的语言。

今天我出生了。我马上就要消失。我们所有的人都公平地活上一天。出生为老人,再老一天之后,便以老人的身份死亡。这一天漫长得就像某个物种的历史,短暂得又像某个物种的哈欠。我们一出生,就一口气习得了自己的履历。我们出生于前世,死于前世。我们用我们固有的单词发出声音,远处的深渊里就有好几个时间像打水漂儿,"嘭嘭嘭"一鼓作气飞跑而来。时空蜂拥而至。恐怕你说的话也会如此。只要是陈旧的话,就会这样。

我是谁,我几岁?

我是灵。一个单词从这个世界消失的瞬间,从单词里脱离的呼吸和气息就构成了我。我是大大的眼睛和嘴巴,我是只有一天寿命,在短暂时间里俯视前生的语言。我是单数,也是复数,我以雾气般的凝块存在,也以粒子的形式存在。我是帮助我成为我的所有事物的集合,又是这些集合抹掉自我时制造的沉默的重量。我是不存在的体积,我是丧失的密度,我是某种火光忽明忽暗地撑到最后即将熄灭的瞬间散发出来的力量,我是动物尸体或食物腐烂时自身散发的热量。

我是谁,我几岁?

我轻盈如云,奔放如风,随时随地都在移动。我轻而易举地与相仿的事物结合。与其他的灵相遇,合二为一。我的身体变大,在地上投下影子。我用这个影子为单词披上寿衣。我是起源,亦是终结。我是未知,亦是知。我是几乎算作所有,同时又什么也不是的歌。除此之外我无法说明自己。即使借助其他部族的几种语法,也还是无济于事。我们没有清晰的面孔和身躯。但是,我们知道我们是谁。

今天我离开了用世界唯一语言说话,迎来唯一死亡的某人。他是患喉头癌的老人。他有着黑色的皮肤和洁白而茂盛得令人吃惊的睫毛。他的声带有个小孔。他通过那个孔说话。那个小小的圆形器官是我最后的家。当然,我也在他的胸或头、瞳孔里停留。我必须借助他的呼吸、肌肉和意志在外面闲逛才能以我的方式移动。我要频繁地被污染,与他人交流,还要经常失败,才能变得健康。尽管偶尔也会发生无法恢复的失败,不过据我所知,没有哪个灵未曾经历过这些事情。小时候他是擅长跑步的少年。少年的梦想是用自己的双腿竭尽全力走到最远的地方。后来他真的做到了。那时他已经梦想了整整二十年。但在那个时候,距离他最远的地方,跑上几天再走上几天,然后再跑,反复多次终于到达的地方……是他的故乡。他在九十二岁迎来生命的终结。临终前,他朝着虚空吐出急促的呼吸,仿佛还有最后的话必须要说。没有人听懂他的话。唯一的说话者和倾听者就是他自己。戴在老人脖子上的辅助装置连续发出不稳定的怪异机械音。即使同一语言圈的人，也要发挥高度集中力才能听懂这样的声音。他不停地发出吱吱呀呀的声音，像一台调错频道的收音机。不过他对自己说的话全部理解。合上双眼之前，他期待身旁有人听懂自己的话。年龄、性别、职业和性格都无所谓。哪怕对方是十恶不赦的罪犯也没关系。我最后的话者，拥有黑色皮肤和优雅睫毛的老人期待有人侧耳听他说话，和他目光对视，用"很久未曾和别人分享""平凡而亲切得令人流泪"的母语做出回应。哪怕是"嗯"和"是啊"这种非常简单的话，哪怕仅仅这两句话也好。

这里有很多身体不方便的人。大部分是因为衰老。既有眼睛看不到，却有超常记忆力的老妇；也有每天用小时候学过的多种语言胡说八道的痴呆老人。有曾经是出色的萨满法师，现在却得不到尊敬的中耳炎患者；也有梦想去城市里成为酷帅消费者，现在却没有任何梦想，只等待碳酸饮料作为饭后甜点的战士。他们都是在世界上驾驭唯一语言的"最后的话者"。他们大多独自生活。他们知道，自己早在很久以前就被抛弃在响亮的母语中心，宇宙的中心。在喧闹的市场里和妈妈走散，再怎么哭泣也没有用了。死了之后留下来的，只有自己和美丽而精致、一个人根本无法消受的"话"……这个事实他们终究要接受。他们试图在深不可测的黑暗和沉默中理解发生在自己身上的事情。有的人到死还没有放弃希望,以为情况可能改变。期待有人奇迹般开门进来用母语跟自己说早上好,脸上没有怜悯,没有轻蔑,也没有好奇,滔滔不绝地说着没用的话。这样的事情没有发生。这里的人们一遍遍抚摸"独自"这个词语,直到它消磨殆尽。像是服用有利于身体的毒药,每天都品尝一点悲观。在痛苦和忍耐中,在孤立和恐惧中,在希望和怀疑中,洁白如盐,结晶的孤独……味苦而咸涩的孤独,这个结晶过于独特,以至于不敢对任何人说明。万一说错,很可能被迎面扑来的感情和话语的洪水席卷,甚至被淹死。

*　　*　　*

这里是限制与外界接触的特别区域。这里是以规模巨大和景观秀丽著称的纪念馆,同时也用作学习场所、研究所和民俗村。正式名称是"少数语言博物馆",宗旨是保存和研究世界上即将消失的语言。博物馆建在陌生的地方,连"中央"的人都连连摇头的无名之地。这里是一片原野,贫瘠的红土地望不到尽头。博物馆建设计划公布不久,装载着各种重型装备的车辆就掀起一路灰尘聚集而来。叮叮当当,转眼间就结束工程回去了。

目前有一千多名话者住在这里,守着一千多种语言。他们遵守制定好的规则和方式,白天在博物馆工作,晚上住在宿舍。一间展览室代表一种语言,各间展览室都是依各部族从祖上传下来的样式建成。一间展览室至少常驻一名身穿所属部族传统服装的话者。大部分是一个人,极少数是两人以上的展览室。大概可以称其为由陌生人、夫妻、老幼组合构成的"标本"吧?从早到晚独自看守展览室的人们非常羡慕有搭档的人。哪怕搭档之间关系糟糕,只是几乎从不说话的"样本"。相对感情好的夫妻因为担心对方会比自己先死而面色苍白。这里面有人因为孤独,有人因为预想孤独的孤独而渐渐疯狂。

一千多间展览室都是按照各个地域的气候和风景、建筑材料和传统方式多元化复原。大多并不自然,而且破烂不堪。在泡沫上面毫无诚意地涂上油漆做成的石头,塑料材质的椰子树,柱子、方鼎和廊台,每个连接处都粗糙地留下水泥痕迹的帐篷,这些就无须多说了,还有无视各部族特征而随处置放的白人人体模特。设计者认为,部族和部族之间应该拥有充足的空间。哪怕所剩成员不到三人的共同体,也需要为几千年的历史和文化提供呼吸的物理空间,需要距离来保证时空不发生冲突。哪怕是为了给人以"保存"的印象,也应该这样设计。虽然大家都知道不是实物,而是模型,可也不能让人产生太假的感觉。

展览馆根据地理特征分成几个大的版块,沿着人工湖、山坡、竹林和小径稀稀落落地分布。岔路之间适当地排布着管理室、小卖店、宿舍和公共卫生间。售票处免费提供的地图上面,各个建筑物都标了号码。慢慢转一圈需要几天时间,大多数游客只能看完局部。这里最值得看的是中央喷泉。说是"喷泉",其实是独特的雕塑,孔里喷出的不是水柱,而是"话语"。充当雕塑支架的金属柱上放着透明的大球,那是个表面刻着六块半透明大陆轮廓的地球仪。各种形态的文字在玻璃支撑的透明球体里闪烁,自由漂浮。这是利用全息图并以光的形式把多种语言加以形象化。人们喜欢盛在球里的话语像跳舞似的快活移动的样子。整个上午,它们在明亮的灯光下愉快地漂游。到了正午,它们会暂时停下来。玻璃球绽开成花瓣形状,瀑布般向下倾泻。

中央为这里的少数语言博物馆投入了大量金钱。本来预计可以通过旅游收入弥补这部分费用和负债,可是这么远的地方,不是火箭或恐龙化石,只是即将消失的语言,长途跋涉赶来的人并不多。如果这里是动物园或火箭展览馆,哪怕是寄生虫博物馆,情况也会有所不同。博物馆在慢性赤字中逐渐凋零。先不提一千多名居住者的吃住费用,仅是税金都难以招架。最后中央决定把票价提高两倍。游客更少了,现在几乎没人来。就算有,一天最多也就几十人。为了这几十个人,需要一千多人在这里工作,尽管只是坐在似是而非的展览室里茫然等待游客的到来。他们默默地守着自己的位置。所有的人都是纪念邮票的表情,从早到晚,偶尔有两三名客人,他们会猛然站起,用自己的母语说几句话,然后唱歌跳舞。展览室的角落里摆放着他们的语言活字模型、图书、民俗用品。刻有几何图案的刀和带五彩穗的发饰,利用植物枝茎做成的篮子,等等。收录咒术、历史和歌曲的光盘在现场特价销售。

中央设立这个园区是为了保护濒临危机的语言,唤起人们的警觉,结果却适得其反。这恰恰是中央真正期待的结果。他们为了忘记而哀悼,为了蔑视而标榜,为了杀死而纪念。也许他们从开始就是这样计划。今天在这里,又有一种古老的语言谎言般消失了。这样的事每半个月都会发生一次,现在没有人感到吃惊了。我就是这样离开最后的话者而升天的存在。我回忆着前生的片段,低头俯视被人遗弃的门票。门票被风掀翻,四处乱滚。劣质的纸上,身穿华丽传统服装的人们挥手微笑。我也用微笑作答。因为这是我们的职业。笑,再笑。不论发生什么事都要笑,仿佛永远都不会死。

* * *

这里从上午八点到下午六点开放。晚上博物馆关门,所有的灯都熄灭。此时的风景宛若深夜退潮的沙滩,宁静而漆黑。住着一千多名话者的宿舍以雅致的山坡为界,位于园区最深处。博物馆向导手册和地图上没有标记这个位置。一千多名话者以不存在的形态存在着。

/ 沉默的未来 /

每个住在宿舍里的人都要遵守共同的规则。最基本的就是要遵守熄灯时间和就寝时间。他们只有在展览室的时候才表现得像是独自一人，太阳落山后，他们就在中央式建成的宿舍里中央式就寝。吃饭也是用规格化的餐盘取餐，中央式进餐。大小便也是在规定场所中央式解决。你能说他们就是"中央"吗？不是。他们就像集体合影中渐渐暗淡的幽灵，模模糊糊地存在着。园区里不会系统教他们中央语言，也不会强求他们使用。因为中央认为，如果沟通体系统一，就会发生问题。管理者以语言传统为借口，禁止不同部族之间发生交流。

现在，聚集在这里的大部分都是孤儿。不仅博物馆，走到世界任何地方都是孤身一人，从这点来说，他们的确是孤儿。地球上还存在着很多少数民族，他们使用的语言也分散各地，然而这里并非谁都可以进来。中央只允许实际使用者不超过十人的语言入驻。媒体大肆宣扬说征得了所有语言的同意，不过来这里的很多人都没能准确理解中央所说的"同意"的含义。有的稀里糊涂被强制入驻，有的根本就没见过所谓的同意书。还有人疾呼，说得好听是召集，其实是收集，是征集，甚至是狩猎。不过没有人听得懂这些话。曾经血气方刚抗议的人年龄增长，成为浸泡在浓重沉默中的老人，成为最后的话者。博物馆确定了方针，即使某种语言最后的使用者离开世界，展览室也依旧保留。所以每隔半个月就空出一个房间。话者生前坐过的地方换上了人体模特。掉漆的嘴唇,脸上尴尬的微笑,看起来总是大一号的衣服。展览室前像贴了封条,印着含义为"灭"的红色中央语。

　　看守展览室的人们每天的日程都差不多。他们呆坐在展览室的角落里,看到游客进来就站起身,端正姿势,说几句话,主要是"您好""我叫某某某""爸爸给我取的名字"之类简单的寒暄语。每间展览室的重复性语句多少有些不同。有的说"大地精灵许可了各位的访问",也有的话者会给游客来个虚假的下马威,"要想通过这个地方,您必须用我们祖先的语言说话"。游客们耳朵里插着小型器械,把他们的话接收为中央语,然后跟随导游的指引,形式化地这里看看那里看看,偶尔提几个冒昧而愚蠢的问题就离开了。少数游客会从耳朵里摘掉那个小小的仪器,专心致志地"参观"。当展览室门前没有对相应语言做任何介绍,只是贴着写有"无法翻译"或"研究中"的标牌时,这种情况就会出现。贴有这种标签的展览室,里面的话者沉默端坐,像关在动物园里的动物,脸色比其他部族暗淡得多。他们像在车里望向彼岸似的注视着这边。这时,他们就像装在试管里的青铜时代的稻种。只因为存活时间久,仅仅因为这个事实就给人留下干枯而肉麻的印象。游客们伸出一只手,以他们为背景拍照,让照片上露出自己的脸。

有些部族的问候方式包括贴脸,或者亲吻头顶和脚背。不知从什么时候开始,博物馆里禁止话者和观众们有直接接触。十年来只说"今天天气真好!""今天天气相当不错!"的话者用锋利武器划破了游客的脖子。这件事我很清楚,因为他就是患了喉头癌的那位,我最后的话者。当时他手中握着半月形的发光物体。起先管理者也不知道那是什么东西。经过仔细观察才知道,那是收录了他所属部族的传说和歌曲的光盘。游客捂着脖子倒下,鲜血从亮闪闪的光盘上啪嗒啪嗒滴落。

* * *

就像掀起石头时被光线吓跑的虫群,这里拥挤着密密麻麻的语言。只有神灵能全部理解和为之喜悦的语法、时态、旋律、女性型和男性型、单数和复数、主动和被动、平语和敬语之类各国固有语法充当五线谱,人们发出的众多声音,牙音、舌音、唇音、齿音、半齿音、鼻音、喉音等成为音标,演奏庄严的交响乐。当然还要加上语调、手势和表情。这丰富的和声中包含着神灵对无聊零容忍的性情和人类讨厌与别人相似的性格。要是举例子的话,简直多到没有止境。我就介绍几个我从其他灵那里听来的例子吧,大概是这样的。某个部族的语言有几十个声调。他们像生活在热带地区,长着皱巴巴红色喉咙的华丽而珍奇的鸟类那样鸣叫。在外国人听来只是"咳、咳咳、呵、呵呵"的声音,如何扩展为几万种句子的呢？我也想不清楚。某部族的时态中加入了前生和来世。这是谁制定的，又是怎样说服人们去遵守，别的部族简直毫无头绪。某个国家的动词有150多种变型，宛如碰到三棱镜的光线折射成多条。词语遇到声音发生反射，精神映出彩虹。对于有的民族来说，爱是连词，而对邻国来说却是助词。但是在其他部族，这个词并没有被赋予自己的名字，因此也就不具备任何名签。对于有的民族来说，"想念"的意思用一个音节就足以表达，而另一个部族却需要用十多个句子才能表现。不仅如此，寒冷地带只用几个口气的形状就能发挥词语的作用。

住在这里的人们有着和语言同样丰富的故事。有位老妇不识字，却能一字不差地背诵几万年前的叙事诗，仿佛是在用心地逐一摸索刻在心底的盲文。她生来就背负着即将消失的命运，正如只因为"美丽"而成为收集目标的阿拉伯羚羊的角。这里年龄最大的某位老人，小时候曾经是追随语言学家，背着货架搬运货物的少年。少年用肩膀扛着学者从海外带回的庞大"录音机"跨过江河，经过崎岖的山谷，爬上高山。少年知道自己背的东西不同寻常。因为里面偶尔会流出他认识的人的声音。当时，学者为了录下几个部族的叙事诗而用了相当于一袋米重的铝制光盘。茫茫原野，深山老林，不管走到哪里，少年都带着这些东西。那时候，少年还想不到那些歌曲和语言会那么快消失。更让他意想不到的是他自己竟然以"活着的磁带"的形式被展示出来。

有一次,园区里诞生了新生儿。这是开馆以来的第一次。孩子的父母是使用不同语言的少年和少女。大家都很吃惊,监视和管制那么严格,怎么会发生这种事呢?有智慧的老人点头说,这种事无论何时何地都有可能发生。分娩很顺利,所有的人都喜欢那个孩子。孩子的哭声生机勃勃地在园区里回荡,那是使用一千多种语言的一千多个人都可以马上理解的语言。望着柔软温暖的小生命,老人们的双眼瞪得比任何时候都大。得知这对夫妻生孩子的事情后,中央决定记录孩子的成长过程,留作样品。没有受到严厉制裁的孩子,将会在一两名保护人身边学习那个部族的语言,长大成人。孩子的父母却不希望这样。不仅自己的孩子,任何人都不能这样生活。最后,两个人把孩子送出了园区。他们把婴儿篮偷偷地放进了观光车,把孩子送到了自己也不知道的世界。尽管很心痛,然而和孩子在博物馆里遭遇的绝望相比,这样的痛苦也就不算什么了。

我的话者,小时候擅长跑步、老年患喉头癌的话者,曾经是个勇敢的青年,逃出过园区。他十五岁来到这里。一个夏夜,喝完外地人给的酒之后睡着了,醒来就到了这里。开始几天,他抓住过路人试图解释自己的处境,然而没有人听他诉苦。因为没有人理解他的语言。激愤、抵抗、哀求、意志消沉,反复几次之后,渐渐地也和其他人一样封闭在浓重的沉默里。他失魂落魄地坐在展览室里,从早到晚一声不吭。有一天,他的心境似乎发生了变化,看到游客进来立刻起身,用自己都感到惊讶的快活语气说:"你们好!""很高兴见到你们,今天天气真好!"

在园区里迎来三十五岁生日的时候,他在食堂里用勺子挖着罐头盒底。罐头里不明种类的鱼混合着中央式传统香料和化学调味料,味道就像煮了一锅花儿,很倒胃口,起先他连碰都不碰。舔着沾在勺子上的鱼油,鬼鬼祟祟地环顾四周。逃跑计划进行得顺畅而自然。脱离返回的队列,在假竹林里换好衣服,然后混入旅行团的队伍,悠然自得地从出口离开。跨越"生活"和"似是而非的生活"的界限非常简单,时隔二十多年再次来到外面的世界,风的触感和夕阳的质感令他感到空虚。凭借自己的双腿和耳濡目染学到的几句中央语寻找故乡,看着星星辨别方向,跑跑走走,走走跑跑,终于拖着血淋淋的脚到达故乡的时候,经过峡谷,越过山脊,穿过茂盛的灌木丛,终于到达村口的时候,他看到的是连只鸟都没有的茫茫荒野,尘土飞扬。不知什么原因,很多树木只剩了树桩,像围棋子似的无尽排列于这片不毛之地。

园区管理员用不夹杂任何感情的公务式表情望着衣衫褴褛归来的男人。这种事大概不是第一次了,管理员熟练履行了行政程序。男人用加了消毒剂的水洗澡,服用医生开的药,然后回到宿舍。高烧多日,胡言乱语。他的喉咙就从那时出现了异常,像出了故障的收音机,每天吱嘎作响。刚才那台收音机电源耗尽关掉了,他的身体再也发不出任何声音。

这里的人们除了中耳炎、关节炎、老年痴呆和白内障之外,还患有心理疾病。那是因语言而生,对语言的乡愁。从前不会产生任何感情波动的普通而简单的词汇,也会让他们颤颤巍巍。有人用自己国家的语言随口说句"油桃"就泪流满面,有人说完"棕榈树"之后感觉撕心裂肺。有人因为莫名其妙地想起"兜兜风"而喉头发热,有人在"年初"或"亲亲"这些单词前深呼吸。这些消息都来自其他的灵。我最后的话者为了不被这些话操纵而尽可能闭口不语。但是正如失踪多日突然浮出江面的尸体,正如无言的主张,即使不用开口,内心浮现出来的各种想法也会不时涌向他的喉咙。对他来说,母语是呼吸,是思想,是瘟神,并不会因为突然"想要不说"而轻易抹除或者放弃。他在和语言分手的过程中失败了,也没和语言友好相处。不说话孤独,说话更孤独,这样的日子一天天继续。他把人生中的大部分时间都用来怀念语言。不是一个人的语言,而是两个人说,三个人说就更好了,五个人更好。吵吵嚷嚷的废话,诱惑,欺骗,玩笑,发怒,安慰,责怪,辩解,控诉的话语……他想随时随地都可以自由自在地呼唤我,想矗立在由我名字的回声和回声的回声制造的凹陷磁场里。就因为这个朴素的愿望,他经常承受撕心裂肺的感觉。到死也忘不了那些表现声音、品尝味道、分辨颜色、代指感情的丰富词汇。临死前他这样想。虽然他只能像动物那样发出"咳、呵、嘿"的声音,可是在那个瞬间,我知道他呼唤的是我的名字。

* * *

我想起他闭眼之前的样子,像个有感情的机器人发出机械音的同时身体颤抖。我想起那张黑色的脸庞。他"呜、呵"地嘟嘟哝哝的时候,那情景类似于冰河坍塌。表情就像严肃而庄严地存在了几百万年,却在瞬间塌陷的冰川。宁静而庄严,却又显得泰然自若。怎么说呢,就是目睹不会引起丝毫反抗的灭亡和沉没的心情。最后他没能说完一句完整的话就撒手人寰了。他闭上眼睛,世界就被无法言说的寂静席卷。至少我的感觉是这样。与此同时,我的内心升腾起巨大的思念,或者说是欲望。那是想去看看出生地的念头。

以前曾听说过"因为太冷,连神灵都无法生活"的行星。听说在那个星球的周边,最后的语言的梦和悲鸣荡起回声,形成层层条带。一个部族的语言像浮在纸面的水彩,在五颜六色的宽阔环带上面刻下灵魂的花纹。如果我们死了,里面的黄色尘土也会变成冰粒。想到我会变成那么美丽而冰冷的东西,感觉好奇怪,不过在离开此地之后依然可以存在于某个地方,这倒是不错。今天离开我的话者的时候,我明白了一个重要的事实。那个谣言是假的。我们的终点站并不是连神灵呼出的气都会结冰的寒冷行星。我们死后再死一次的地方并不是遥远的来生,也不是宇宙,而是地上的工厂。

那边有几个巨大的灵乘着风流向某个地方。不,不是流,而是被吸走。流啊流,骤然被吸入某个细长的金属管道,荡起漩涡消失了。我竭尽全力朝相反方向转身,却无法躲开像磁石般强烈吸引着我的力量。接着,我被下面的风景震撼了。团团包围着园区的小丘陵后面,放射状的公路无尽延伸。同样规模和样式的工厂密密麻麻地排列在公路上。意外的是,少数语言博物馆竟然处于它们的中心。平时充当围墙的山坡呈圆形环绕在博物馆周围,后面却是一家工厂连着一家工厂,蔚为壮观。

我是谁,我将会怎么样?

我出生的时候被画在树上,刻在石头上。我的第一个名字是"误解",但是人们根据自己的需要逐渐把我变成"理解"。我喜欢这个或许是我名字、或许是我的部分名字的词语。我是承载在复杂语法里的单纯的爱,我是单数,也是复数,我是起源,亦是终结,我是几乎算作所有、同时又什么也不是的歌。我是只有一天寿命,在短暂时间里俯视前生的语言。我的身体渐渐膨胀,名字也逐渐变长。漫长的岁月之后,谁也无法一次喊出我的名字。但是现在，我消失了。我只是让这个世界运转的动力，是有用的死亡，仅此而已。我走向那个巨大的金属管道，想起少数语言博物馆的骄傲，想起中央喷泉。我想起各种形态的话者在玻璃球里奔放地漂浮着的、地球仪状的雕塑。整个上午，话者在明亮的灯光下跳舞似的透明地漂游。到了正午，它们会暂时停下来。玻璃球展开成花瓣状，瀑布般向下倾泻。我常常觉得这个场面好美。这是噩梦般的美丽吗？今后地球的漂亮梦想恐怕也不会轻易结束。死后还要再死一次，可是我仍然无法轻而易举地让视线离开那个夺目的场面。

小说后半部分出现的"吟诵叙事诗的老妇"的情节和"录音机"信息，参照《马语者》(尼古拉斯·埃文斯著，金基赫、胡正恩译，书坛出版社，2012)中的内容。

风景的用途

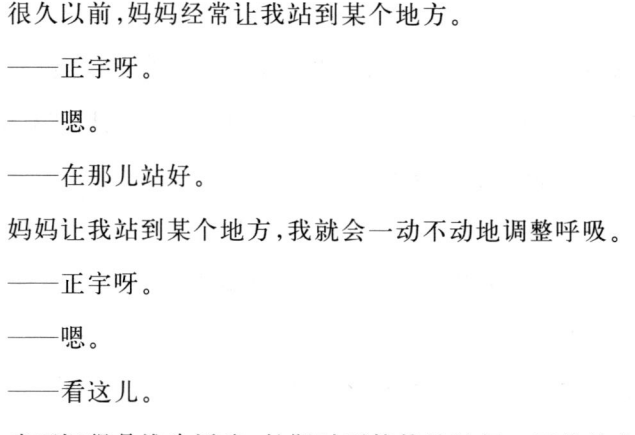

很久以前,妈妈经常让我站到某个地方。

——正宇呀。

——嗯。

——在那儿站好。

妈妈让我站到某个地方,我就会一动不动地调整呼吸。

——正宇呀。

——嗯。

——看这儿。

我不记得是谁告诉我,拍照时要静静地站好。可能是个非常平凡的人,这个人知道好事很快就会过去,这样的日子不会经常到来,就算到来也很容易被忽略。所以遇到这样的瞬间就要看清楚,固定在一个地方……应该是上了年纪的人。事实上我们家曾经有过几次这样的机会,尽管不多,不过的确有过。每次我们都像"愉快地跳舞,停下来"这句歌词说的那样,准确无误地停下来。做成了成为过去的完全姿态,完全的准备,在心里数数,然后冲着相机笑。

在光线不充分的空间,偶尔会发生曝光。相机"砰!砰"地在时间上画出粉笔道,剪掉了现在。曝光的声音好像降落伞张开,伴随着或许会死的不安和活下来的安心,像覆盖司机的气囊那样给人以松软的刺激。

——正宇呀。

——嗯?

妈妈发出"砰!"的声音,尚未被选择的剩余风景苍白地飞走了。我经常闭上眼睛,偶尔会为蒸发感到可惜,于是明朗地笑,像拉降落伞的绳索似的翘起嘴角。

很久以前的照片上,我总是显得很尴尬,很有自知之明地站在那里。背后是说不清楚的颜色,可以说是1970年代的色彩,或者说是乐观蓝,环抱在柯达的明度和富士式的色度之中。有时流露出阴沉得好像要马上消失的表情,朝着某个人,朝着某个人想要的未来露出分辨率很低的微笑。镶嵌在照片里的无知,永远的无知却刺痛着心里的某个地方。我们说不知道什么的时候,大多意味着可能失去什么。刚刚给予就要夺走,这是照片常做的事。所以在很久以前,妈妈手里拿着沉重的相机呼唤我的声音,充满对生活的期待和乐观喊出的"正宇呀",那种奇怪而酥麻的感觉,或许就是事先呼唤将要遇到的丧失的名字,只是当时还不知道该怎样称呼。

关于光线,我还想起另外的场面。那是爸爸像烤篝火似的坐在电视机前,接受电磁波辐射的场面。爸爸在穷乡僻壤长大,想见邻居,都要走很远的路。太阳落山后,村庄里黑得连身边人的手都看不到。下雪了,就张开嘴巴品尝冬天;下雨了,就偷听陷入冥想的大地在吟唱;偶尔也跟大人们学习取悦鬼神的方法。尽管是半个世纪前的事,然而想起那时候,怎么说呢,感觉爸爸不是从另一个"时代",而是从另一个"世界"来到这里。明明是亲身经历,有时却感觉自己的人生像是从哪里读到或听来的故事。尤其是平日上午呆坐在电视机前看癌症保险广告的时候尤其如此。大概是认定老年人记忆力和分辨力下降,老演员清清楚楚地重复着刚刚说过的保险公司电话号码。这种时候突然感觉这边的世界和那边的世界都很陌生,仿佛误闯了别人的房间。我在心里暗自思忖,"是的,爸爸,癌症的话题会摧毁所有人的心情",可是没有说出口。我只是茫然地注视着爸爸拿着咖啡杯的手。那是大学毕业前几天,到现在已经十多年了。

那天看到的爸爸的手依然很大,很厚,里面谦虚地盘踞着通过长期劳作锻炼身体的人特有的正直和严苛。爸爸用那双手判定某个人的错误,明确规则,做出惩罚。这是我从妈妈那里听来的，详细情况不得而知。那个年纪放弃稳定工作，通过做裁判来维持生计并不容易，只是无法重返讲台了。因为丑闻的生命力比世界上任何病菌和疾病都更强。爸爸像看井水似的凝视着冷咖啡，好像除了咖啡杯就没什么可以抓在手里，不肯把杯子放下。那是一双识别不正当行径的手，树立原则的手，呼喊"发球失误"和"双发失误"的手，也是在多年未见的儿子面前无所适从的手。挂在咖啡厅天花板角落的扩音器里不停地流出舞曲的旋律。感觉像有人用盆子装满噪音，兜头泼向我们。再加上邻座的学生们连续几十分钟猛烈诽谤某个人，我的头都疼了。他吗？和教授？天啊，怎么会这样？一副自己的道德受到伤害的表情，像是惊讶，其实是开心。我也很熟悉这种开心的感觉。

全部说完在家里准备好的"对话中除掉关键问题之外"的话，爸爸就不知所措了。良久无语之后，桌子上的手机发出振动音，爸爸大吃一惊，伸出大手抓住手机，像是在摸滚烫的东西。一手捂着嘴巴，小声说道："哦，看到了，哦，哦，一会儿再打给你。"不一会儿，我说我要回助教室了，爸爸这才把一件东西放到桌子上。一个高档盒子，外面是黑色，刻着水波图案。盒子上面刻着象征万年积雪的小小的雪花。爸爸祝贺我，说了些客套话，然后说毕业典礼他可能参加不了，好像别的时候都来了似的。

从那之后我就没有再见过爸爸。五年前，我们在婚礼上见过一次。与其说是"见面",倒不如说"擦肩而过"合适。爸爸在父亲席上坐了会儿,以妈妈和我期待的方式,时间长短也是遵从妈妈和我的心愿。为了不被亲家诟病,妈妈无奈地和爸爸合影。他们像"职业玩家"和"职业高尔夫球手"中的"职业"父母,从始至终不失微笑。

几天后我新婚旅行归来,家里收到一个包裹。那是爸爸寄来的新婚礼物。我看电视,喝茶,准备出门,一直没对包裹表现出丝毫兴趣。最后妻子撕开了箱子。箱子里装满了令人难以置信的品牌红参真液。"放到车上吗?"我记得妻子这样问的时候,我只是默默摇头。也就是在那段时间,我听到了爸爸不做网球裁判,到处推销保健食品的消息。后来又去了什么体育用品店工作,又学习什么粉刷技术。偶尔听到爸爸的消息,转眼就是二十年过去了,最近我听一位社区的朋友说,"我在路上见到你爸爸了。"朋友说是在南九老人力市场附近遇到爸爸的,变化太大,差点儿没认出来。看我没有回应,朋友摸着啤酒杯说,可能是自己看错了。"怪不得看起来不太对劲儿",朋友转移了话题。

变成"别人家"的人之后,仍然参与"我们家"的活动,这是爸爸常做的事,像蒙住双眼的人依赖指尖的触觉猜测事物的名称,爸爸借助"礼物"的形式摸索人生的重要节点,努力去纪念。据我所知,即使在非常艰难的情况下爸爸也这样做。和妈妈分开后,爸爸每月按时给我们寄生活费。最初几年是每月一百万，某一天开始变成八十万，后来减少到五十万，三十万。不过寄钱时间真的很长。最后一次寄了二十万零几千。如果汇款迟了，爸爸一定会联系妈妈。他就是这样的人，就像严冬时节整齐叠放在房间里的被子，端正、厚重而沉闷。当我听说爸爸因为神秘事件放弃学校的工作，而到江南某网球场担任裁判，我觉得爸爸很适合这个位置。那之后，爸爸在我高中毕业时寄来了电子词典，大学入学典礼时寄来了领带，我参军的时候寄给我手表。一看就知道是煞费苦心，其实普通至极的东西。大家都送钢琴、鲜花之类。红参真液是我从爸爸那里收到的最后的礼物。不知从什么时候开始，爸爸的消息越来越少，这不是因为爸爸变得冷漠，而是因为他的儿子已经长大，完全有能力独自处理社会仪式了。他自己的人生和我的人生中都不再有值得鼓掌庆贺的事情。时隔几年后打电话约我见面，我理所当然地认为是因为妻子怀孕的消息。

* * *

韩国是冬天，而泰国却是夏天。听说泰国一年有三个阶段，质地不同的三个季节，但是对于像我这样的韩国人来说，只能感觉到"普通夏天""闷热的夏天"和"极度炎热的夏天"。我坐在公交车上，通过手机看韩国的天气和新闻、股价和汇率。一月，在连日的寒流和暴雪中，韩国依然马不停蹄。车窗外的夏天却是悠闲

/ 风景的用途 /

的。苍翠、丰盛而潮湿。在陌生国家看母语信息,感觉手里握着的不是手机,而是水晶玻璃球。玻璃球里白色的雪花纷纷扬扬,球外却是夏天。喧闹而旺盛的季节。妻子责怪我,难道是来这里上网的吗?膝盖上已经堆了好几个香蕉的皮。妻子和在家一样把我看成手机狂,其实我来到泰国,而且是和家人一起旅行的时候还要开通国际漫游,当然有原因。我在等一个电话。

去年,我每周要到郊外上三次课。我负责位于K市的某专科大学和私立大学两处的课程。B大开设的"文化理论研讨会"早晨九点钟开始,我必须抓紧时间赶到。从家到南部客运站一个小时,从客运站到K市一个半小时,从学校正门到讲课室15分钟,往返需要五个小时以上。赶上天气不好,我就拿着雨伞在公交站和孩子们一起排长队。有时因为不好意思和听我讲课的学生们同乘一辆车,我就在学校周围徘徊一会儿再上车。即便这样,公交车上也还是有学生向我点头行礼。偶尔并排坐在满员的公交车上,这种尴尬会加倍。同样的距离,却感觉回首尔的路比去K市的路更长。尤其是周五下午的课结束后回家的时候更是如此。一到高速公路停车区,我就总是尿急。到达首尔客运站的第一件事就是找公共卫生间。尽管这样,尿意还是轻易无法缓解。乘坐地铁回家的路上,膀胱越来越膨胀。到家脱下鞋子,我就急匆匆地往卫生间跑,然后连门都不关,更不顾妻子在后面看着,每次都能哗啦哗啦排出大量的尿液。

第一次在母校开讲座,开始四处奔走讲课,那时候望着高速公路周围的风景,我有些心乱。虽然旅途中路过几次,但还是这样。当风景不再是风景,我也变成风景的一部分,瞬间就会感觉不安。我切身感受到作为首尔土著,我对"中心"是多么熟悉,受了它多少惠泽,同时我也清楚地看到自己是怎样因此而脱离中心的。

太阳落山,黑暗在刹那间降临原野。地方小城的黑夜比首尔来得更早。上完课坐上巴士,全身的紧张就缓解了。还有怪异的兴奋和觉醒犹如药劲儿般萦绕不散,有时会产生错觉,以为不管有谁提出多么难的问题,我都可以回答。路上迎来的黑暗每次都很陌生。外面漆黑一片,很难判断我经过的地方是哪里,距离目的地还有多远。这时我感觉自己来到了非常遥远的地方。巴士在"不是城市,也不是非城市"的空间里穿行很长时间。经过未出售公寓和折扣卖场、塑料大棚和工厂、公共墓地和花园,经过卖泥烤鸭和烤鳗鱼的养生餐厅、普罗旺斯风格旅馆。首都和地方的结合部地带粗糙得就像毫无诚意缝制的布料。农田在黑暗背后无聊地延伸。进入首尔收费站,拖着长尾巴的汽车队伍却又谎言般出现了。无数的灯光红彤彤地被吸入中心方向。

八年前第一次讲课的时候,我就像新员工一样激动不已。如

/风景的用途/

今我也总算走出郁闷的图书馆,开始尝试社会"活动",面对妈妈和女友似乎也有了面子。利用同时代大众歌曲或动画资料准备新鲜的课程也很有趣,我也不反感学生们向未婚"年轻讲师"投来善意目光的态度和理性的紧张。或许是因为讲课本身自带的表演性,面对大众"滔滔不绝"的职业带给我的兴奋和羞涩,那时也深得我心。大学毕竟是大学,春天的绿,秋日的黄都是那么美丽。孩子毕竟是孩子,单纯而敏感,偶尔又骄傲和无知得让人叹息。校园里飘浮着性格上的乖僻和道德的优越感,混合交融,还有莫名的溃败感和无力感也像沉重的空气那样游转,越是休学和转学频繁的地方越是严重。名牌大学的学生们也没有大的不同。十几岁便已接受过高密度辅导班课程的孩子们,面对讲师们的努力也不会轻易被打动,就像看惯了著名演员的观众似的漫不经心。他们忙于学分管理、打工、就业准备,比高中生更累。当然,我在刚做讲师时的欲望和期待也失去了很多。课后回忆自己的失误,甚至后悔好几天,这样的事也渐渐减少。讲课室里没说完的话自己嘀嘀咕咕,惊醒睡梦中的妻子之类的事也变少了。跟学生们真诚交谈之后,现在依然会后悔,明明做个诚实的讲师就可以,我为什么还要试图成为"老师"。[1]对于上课打盹或者玩手机的学生我会适度地视而不见,面对无礼的提问见怪不怪,相比关系更注重实务,现在我成了这样的人。也可以说我更接近于职业棒球选手、职业高尔夫选手那样的"职业"讲师了吧。最近,我

---

[1] 老师有种教书育人的含义,讲师只是单纯地讲课。

得到了走上职业讲师之外其他岗位的机会。

一年前的春天,我第一次遇到郭教授。我在校门前的公交站等车,下面走来一个和郭教授很像的人。郭教授是B大刚成立不久时的文化产业学系的系主任。我在电视上看过他做嘉宾的节目。不过我不知道他是否认识我。我正犹豫着要不要打招呼,他竟然亲切地主动和我说话了:

——请问你是李正宇老师吧?

我迟疑着点头行礼。郭教授身后是系助教和几名学生,满面红光,大概是喝了酒。郭教授和我握手说,"经常听崔老师说起你",并问我的恩师现在怎么样。他瞥了一眼公交车时刻表,问"你住在哪里?"我说住在首尔,他继续问首尔什么地方,说他自己住在瑞草。如果不介意的话,他可以送我到南部客运站。

郭教授发动汽车的时候,我双膝并拢,静静地坐在副驾驶席上。
——那是什么?
他看到放在我腿下的"维他500"箱子,问道。
——学生给的?
——啊,是的。
我一边系安全带,一边问"您好像喝酒了,没关系吗?"郭教授说,"只喝了一杯",让我不用担心。他说这条路闭着眼睛都能开,刚才想去喝第二轮了,但是现在的学生比教授还忙,想要留住他们，反而还要看他们的脸色，真是很遗憾。我没有表现出来，心里还是很高兴能和郭教授同乘一辆车。有一天我还去过郭教授的研究室，看到门关着，就回来了。

——还是能认真听别人说话的年龄。

——嗯？

——我说那些孩子，也许是出于对老师的尊重故意装出来的，哪怕是装，他们也和我装得不一样。教授们在酒桌上喋喋不休的时候，我懒洋洋地听。嗯，这句话无聊，嗯，这个话题可以听一听。我是有选择地听。孩子们不是这样，同样是无聊的话题，他们更加努力地不耐烦，更加努力地反抗。

我觉得只是听着不说话似乎也不礼貌，于是应和了一句。

——是啊。

——对吧？这就是年轻人。成人有什么不一样？成人就是和自己不喜欢的人也能友好相处，不是吗，李老师？

这种时候我该说什么呢？说是吧，感觉像个伪君子；说不是呢，又显得装腔作势……我正矛盾的时候，郭教授继续说了下去：

——这不是好恶，而是义务。只要想到完成了自己的任务，发挥了自己的作用就行了，可是有的家伙只用一把尺子衡量人，对于这种人我们没有答案，太累了。

我不知道他这话究竟是什么用意，不过我猜测应该是接续前面的内容，于是附和着说道：

——因为他们还太年轻。

——不,我说的是教授。

郭教授是对话中没有"台阶"的人。往好了说是直截了当,往坏了说就是任性。像他这样的性格,感觉要么是在不需要看别人眼色的环境中长大,要么相反,以前因此失去过,所以报复性地喋喋不休。不过他不仅仅是话多,高谈阔论起来真的达到"选手"级别。郭教授说自己和理工科教授关系很好,说他们那个圈子的人相对单纯,他很喜欢。读的书和我们差不多,但是很少抱怨,让人感觉很舒服。我想这或许是错觉吧,但是没有搭话。话题自然转入文化圈。郭教授说起我也知道的几个人的八卦和印象派批评,中间提到某学者名字的时候,情绪立刻变得激动起来。"我知道那个家伙干的勾当",然后向我解释那个人有多么拙劣,多么趋炎附势,还嘱咐我以后要小心那些"吃不到葡萄说葡萄酸"的人。

——装出公平的样子,故作优雅地批判,其实……

郭教授悲壮地自言自语道:

——其实羡慕得令人发指。

郭教授熟练地开车。不知道是因为车好,还是因为驾驶技术高。的确是闭眼也能到达首尔的实力。他问我平时怎么来学校。

——以前有辆车,讲课中断的时候卖掉了。

郭教授并不惊讶地问:"那当时你是怎么生活的?"我说:"就是那么过呗。"我心里对郭教授"并不惊讶的语气"充满感激。无论什么话题都不要求对方付出真心和代价,他的态度平淡而老练。我的视线投向窗外的农田。初春时节,绿意还没有遍布山野。从学校出来不久就开始堵车,郭教授敲打着方向盘说,"我最讨厌把钱扔在路上",然后露出焦急和不悦的神色,转动方向盘,"这种时候可以走另外一条路"。

——现在体会到驾驶的快感了。

郭教授踩着油门,语气悠闲多了。这是在前半部分已经把想说的话说完之后特有的从容。无力的寂静在郭教授和我之间短暂地流淌。这是出发后第一次遇到的安静。郭教授静静地哼着歌,调高了音响的音量。高性能扩音器里传出1940年代摇摆爵士的旋律。那是我喜欢的曲子。郭教授跟着歌曲的节奏轻轻摆头。窗外可以看到建了一半的公寓和像长脖子恐龙一样矗立在荒凉原野上的大型起重机。塑料大棚区里,准备发往市中心的红色水果渐渐成熟,模仿欧洲中世纪城堡样式的无人汽车旅馆也映入眼帘。在乘坐舒适感很好的汽车里闻着新皮革的香味,听着爵士乐,莫名地觉得窗外千篇一律的风景也可以忍受了,就像生活的背景。对于郭教授来说,这种感觉已经很熟悉了吧?这个张口就评论别人的人,在别人面前会怎样说我呢?郭教授问我系里的气氛怎么样,学生们的态度和反应是不是很糟糕。

——不管怎样,我们的学生还是很乖的吧?

——对,当然了。

——当然,很乖,老师们也是。

郭教授露出微妙的笑容,像给我打分似的说道:

——李老师没有说这里空气好,我很喜欢。

不知过了多久,郭教授突然踩了急刹车。我的体重迅速向前集中,身体左右摇晃。郭教授紧握方向盘,一时僵住了。他似乎感觉自己撞上了什么,但是不知道究竟撞的是什么,所以有些混乱,有些震惊。好不容易回过神来,郭教授几乎是凭借动物本能首先从驾驶席旁边的抽屉里拿出润喉糖。听到他咯嘣咯嘣咀嚼润喉糖的声音,我才意识到也许并不像刚才他说的那样"只喝了一杯"。

一个女孩倒在公路中央。孩子吓得失魂落魄,却又表现出几分镇静。听我们说"先去医院",她表达了自己的意见,"我想先给我妈妈打电话"。校服之下的膝盖出了点儿血,幸好没有重伤。郭教授的脸上轻轻掠过安心的神色。孩子和妈妈通话的时候,郭教授把我叫到路边,吞吞吐吐地说:"这可怎么办呢,怎么办好呢?"虽然是春天,风还是冷飕飕的。大块头的货车从我身边经过,掀起巨大的风尘和噪音。几名司机好奇窗外的风景,探出头来看我们。郭教授大概不愿接受别人看热闹的目光,背对公路看着我。他说自己也是第一次遇到这样的事情,不久就要参加升职考试,现在真的很麻烦。迟疑片刻后,他继续说道:

/ 风景的用途 /

——李老师,今天这件事……

——您说。

——这次事故,不,这辆车。

——……

——就说是李老师驾驶的,可以吗?

* * *

——马上就到珊瑚城了,大家都喜欢大海吧?

导游抓着麦克风,厚颜无耻地说:

——不过呢,旅途中总会有悲观主义者,要去什么地方的时候,哎哟,我不想动。我本来就讨厌喝酒。我本来就不喜欢吃东西。我不喜欢繁杂。热,贵,不要。

巴士的各个角落爆发出微微的笑声。

——可是我们什么时候能再来这个地方啊?到达珊瑚城之后,不要老老实实地待着不动,一定要先尝尝大海的味道。这是能够保留下来的东西。

——妈妈。

——嗯?

——在那里站好。

妈妈凝视着相机,身体扭动四十五度左右。动作很僵硬,妈妈这个年纪的人没有过以风景为背景的体验，做这样的动作显得很别扭。

——妈妈。

——啊？

——看这里。

妈妈背后是低沉的云。几百个五颜六色的降落伞飘浮在乌云之间，美丽而奇特。也许是阴天的缘故，降落伞看起来像是沉浸在悲观里的水母群。另一边，"我们队"的妈妈们已经风风火火地脱掉上衣，跳入大海。泳衣以外的肌肤上，下肢静脉瘤和华丽的泳装形成鲜明的对照。一位双膝贴着正方形膏药的妈妈只穿了比基尼。长期以来她们一直在永登浦市场做生意，借此机会一起出来玩儿。她们互相泼水，哈哈大笑，妈妈向她们投去羡慕的目光。眼疾手快的妻子给妈妈戴上游泳圈，来回移动，妈妈这才像孩子似的灿烂地笑起来。我只把脚放进浅水，勤劳地用相机捕捉两个人的身影。与此同时，我也在惦记着装在包里的手机，万一大学里有事找我怎么办呢？我假装查看拍过的照片，往海边看去。远远看到戴着太阳镜的导游坐在太阳伞下，看着我们的行李，故作悠闲地喝着碳酸饮料。

几年前，我就开始了以海外旅行为目的的储蓄。每月二十万，存了整整两年。去年十月妈妈迎来花甲大寿。我不想请假，就把庆生宴推到了今年一月份。也就是说，从妈妈的立场来看，

/ 风景的用途 /

这次旅行不是六十一岁,而是六十二岁①举行的花甲大寿。出国当天的后半夜才到达曼谷。穿过机场楼周围的雾霾,上了观光巴士,选择了相同旅行套餐的人们已经坐下了。攒钱从永登浦赶来的妈妈和子女们,穿着同款凉鞋的中年夫妇,没人问却坚持强调"我们是要结婚的关系"的年轻情侣,这样就分成了三组。从旅行前一天开始,妈妈有机会就炫耀自己的儿子是教授。任凭我怎样摆手否认,她还是固执地说,"就是这样的"。

在各种旅行套餐中,我们选择了"住三夜的四夜五天"套餐。在规定餐厅吃饭,乘坐指定的交通工具,购买不需要的东西,琐碎的不满和疲劳积累到差不多的时候做做传统按摩,每天吃一顿泡菜汤或五花肉,千篇一律的日程。遇见假水晶般镶嵌在日常生活之上的非日常,愉快地挥手,花钱,告别。不过总归还是很开心。因为这次旅行不是为了我们夫妻,而是为了妈妈。幸好妈妈不知疲倦地跟着导游的脚步。不过她喜欢贬低别人和不停发牢骚的习惯还是一如从前。偶尔连我在旁边听着都觉得难为情。妈妈以前就是这样,不遗余力地向尽可能多的人抱怨自己的丈夫多么糟糕。有段时间,我觉得妈妈就是故意让所有人都讨厌爸爸,然后自己去爱他。跟爸爸分手之后,妈妈把责难的对象换成了周围的人。那个女人的头发怎么弄成那个样子,那个大叔吃饭的样子

---

① 韩国使用虚岁年龄,出生即一岁。

显得好无知啊,给孩子打扮成那个样子怎么能行。她通过诽谤别人细小的缺点维护自己的自尊。妈妈做了大约两小时的泰式精心按摩,表情像雨过天晴般豁然开朗,"已经很久没人这么长时间抚摸我的身体了","小姑娘给我按摩了太久,我都快喜欢上她了",听妈妈说这些的时候,我第一次感觉来泰国的决定非常正确。

旅行日程大体令人满意。今天结束珊瑚城的参观,傍晚打算去露天酒吧欣赏自由搏击和舞蛇表演。回酒店的路上,妈妈耐不住戏水的疲劳,在车上打起了瞌睡。导游发挥职业精神,为了缓解旅途中的无聊而猜起了谜语。

——各位,泰国人到了韩国,有一样东西是一定要吃的,是什么呢?猜对的有礼物哦。

学校里会不会有人找我?我看了看手机,三个未接电话,一条短信。我立刻心跳加速,不过看到发信人是谁的时候,我失望了。这已经不知道是第几次了。妻子上身向我这边倾斜过来,说道:

——谁呀?

——爸爸。

——烤肉?

——又联系你了?

——不对。

——还没安心吗?

/风景的用途/

——嗯。

——你是不是应该快点儿回复呀?

——五花肉!

——嗯。

——就说行,或者不行,这样答复吗?

——不对。

——看情况吧。

——泡菜汤!

——学校方面没有消息吗?

——啊,好遗憾。

——怎么不去学校网页看一下?

——看过了。

我把视线转向手机,又读了一遍爸爸的短信。正宇呀,有空给我打电话好吗?正宇呀,看到短信给我回电话。正宇呀,你忙吗?以前很偶尔才收到爸爸的短信,现在每天都能收到至少一条。因为我在等别的电话,所以手机每次发出振动,我都会吓一跳。心情变得复杂,我的视线转向窗外,巴士前方传来"正确答案是参鸡汤"的喊声。

* * *

去年秋天,我在B大的讲课又增加了一节。我相信这与"那件事"并无关联。郭教授顺利升职为正教授,我也继续过着和从前一样的生活。那次事件并没有带来特别的变化。虽然驾照被扣了分,反正我也没有汽车,保险费也由郭教授支付。在那之后,我在B大下课后和郭教授吃过两三次饭。郭教授一边给我倒酒,一边不停地说,"我欠了你的人情"。偶尔妻子在床上会发出不祥的疑问:

——老公,那个孩子。

——谁?

——那个被车撞了之后安然无恙的孩子。

——她怎么了?

——她真的一点儿异常都没有,是吧?

——嗯。

——万一以后有问题怎么办?听说有人要到一两年之后才出现车祸后遗症,那么我们真的……

——不,不可能的。

下课回家的路上,我经常注视着映在车窗上的脸。这种时候我感觉"过去"并不会消失,而是会充满,然后溢出。遇到过我的人,我遇到过的人,承受过的感情都与我此刻的目光相关,参与我的形象。它们绝对不会消失,而是以表情的方式,或者以气质的形态留下来,像空气一样从内脏深处渗透出来。尤其是在某个事件之后,当我怀着不满情绪去概括无法简单总结的感情,那就更

/ 风景的用途 /

是如此了。"那件事情"之后,我知道我的形象发生了微妙的变化。这时我觉得自己真的"吃掉"了我的过去。至于消化和分配,直到现在还在进行。

开学后不久,B大文化产业学系公布了教授任用公告。白天的课结束之后,我去了郭教授的房间,不好意思空着手,就买了一盒正官庄红参真液,敲门进去。

——这个给您。

——哎哟,你买这个干什么。既然你买了,我就收下。不过我身体里有火,受不了人参。

郭教授拿出去中国出差时买的高级普洱茶,递给我,然后解释说,茶的世界和音响、钢琴的世界一样无穷无尽,说完等待我的反应。

——啊,真好。

为了不显得夸张,又看起来坦率,我故意用低沉的嗓音回答。郭教授耸了耸肩膀。

——这还不算什么。

郭教授慢慢地把茶杯移到嘴边。

——真正的好东西,真正好的东西,大多数人永远不可能知道,却依然存在于世界某个地方,这样一想是不是很惊人,李老师?

——是的。

虽然我不知道真正的好东西,真正好的东西是什么,却还是做出了这样的回答。茫然地回想自己喜欢的音乐、电影和酒,衡量我有没有至少到达最好附近的地方。郭教授打听我的恩师崔老师的近况,问了很多事。无意中提到任用的事情,郭教授满脸惊讶地望着我,快活地笑着说,"你好像很紧张,放松准备就行了。"我有点儿难为情,双手捧起茶杯。茶具的温度在手上蔓延开来,暖暖的。我缓缓地喝着茶,观察郭教授的反应。不知道是因为喜欢像武宁王陵的壁砖一样将我团团包围的书,还是因为茶太香,我竟然不想离开这个房间。

来泰国前几天,我和爸爸见了面。刻苦备战任用考试,还完成了试讲,当时正在等待面试结果。爸爸说想和我见面,有事和我商量。五年前在婚礼上见面之后,这是第一次。我内心隐隐地产生了不祥的预感,同时又想"不可能是那样的人吧",于是约好了见面日期。我完全可以不去,可内心里多少还是期待爸爸可能是想和我道歉。其实他现在怎样解释,我都不可能接受,至少我想听听他怎么说。说不定是怀着很久以前给我寄钢笔,送领带做礼物时的心情,想要为尚未出世的孙子做点儿什么。

爸爸比以前更衰老了。或许在爸爸看来,我也是这样。暗淡的眼神,堆积着主观和偏见的嘴角,依赖经验同时又被经验束缚,爸爸眼里的我大概是这样的形象。爸爸和我见面是因为钱。"不会是因为钱吧",出门时我这样想过,结果还真是这样。爸爸没有准确说出数目,含糊其词地说,"看你的情况,尽你所能就行……"至于要钱做什么,他也没有明确说出来。看我的情况?他知道讲师的课时费是多少吗?我对他的厚颜无耻感到不可思议,对他的吞吞吐吐感到烦闷,于是我先开口了。我想尽可能结束对话,离开这个地方。

——生病了?

爸爸慢慢点头。原来是这样,原来如此。不好意思直接要,所以就说借钱。他在有生之年能还得上吗?心底油然而生的不是怜悯,而是反感。我说出了不像我的风格,现在想来非常无礼、非常低俗的话:

——怎么,得癌症了吗?

爸爸再次点头。我忍不住苦笑。

"癌症,活得真够典型的。"

为了不让爸爸痴心妄想,我尽可能用公事公办的语气问道:

——哪个地方?

爸爸动了动干巴巴、长了泡的嘴唇,开口说道:

——不,不是我,是她。

* * *

——现在我们即将到达乳胶工厂。不买也没关系,请大家放心参观。尤其是男士们来到这种地方,总是看着天空问我吸烟室在哪里,催问什么时候结束。不要这样,进去躺在床上试一试,抱一抱枕头,感觉真的不一样。

和子女们穿了同款凉鞋的中年男人猛地举手问道:

——工厂里收美元吗?

导游开心地回答:

——哎呀,当然,除了北朝鲜的钱都收。好,现在大家进去吧,能享受就享受,能偷就偷。

下了巴士,我们走进大型集装箱式建筑。工厂职员没有直接带我们去商品柜台,而是把我们带进一个类似会议室的小房间。利用各种视频资料说明"占据人生三分之一的睡眠之重要性",让我们中的某个人到前面,躺在铺了圆珠笔的床垫上,得到"一点儿也不硌"的证言。接下来是大家在大厅里自由挑选商品。永登浦妈妈们这里躺躺,那里躺躺,不停地感叹,"哎呀,太舒服了""哎哟"。妈妈和妻子各自占了一个床垫,望着天花板,像看到了星星似的笑着。长时间的旅途劳顿似乎让短暂的休息变得更甜美。工厂职员们适时地用纸杯接了冷咖啡,免费分给大家。我向妻子寻求谅解之后,走出房间,在工厂门前接连抽了两支烟,然后给郭教授打电话。这是面试后第一次打电话。我在脑子里练习事先准备好的台词,同时拿出第三支烟放在嘴里。手机信号音持续了很长时间,然后传出语音留言的提示音。遗憾和安心同时从心底

/ 风景的用途 /

升起。我把烟头在地上熄灭，进入工厂的门。这时，口袋里发出嗞嗞的声音——手机剧烈振动起来。我忍不住心跳加速。

——喂？

——……

——啊，对，是的。

——啊……请放在门卫室吧。

妻子挑选了新生儿用的乳胶枕和妈妈用的床垫。结账之后，我从夹克内侧的口袋里拿出钢笔，填写配送预约单的时候，手机又发出振动音。那是我知道的号码。我拿着手机出门，妻子远远看着我，目光中掩饰不住不安和期待。

——啊，是的，老师。

母校的崔老师。他是我的博士论文指导教授，也是他向B大推荐的我。崔老师说他看到有未接电话，就联系我。他说很抱歉回复晚了。我只是随便打个问候电话而已，老师似乎放在心上了。通话当中，崔老师一直在跟我说类似"安慰"的话。大概觉得我的反应不太对劲儿，他说"你还不知道吗"，"以后还有机会，不要沮丧"。语气中明显流露出慌张。我努力调整心情，说了几句感谢的话，准备挂断电话的时候，老师小心翼翼地问道：

——你对那个人做了什么错事吗？

——错事？

——我是说你们之间的关系是不是有问题。

——不,没有。

——金教授作为特邀评委参与了评审,好像郭教授强烈反对你。他让我不要告诉别人。

* * *

——妈妈,在那里站好……妈妈,看这里。

登机之前,最后在机场给妈妈拍了照片。窗外滑道上的灯光很美。妈妈冲我露出微笑。眉宇间深深的一字皱纹为她形式化的笑容增添了几分干枯。手机屏幕上的方形轮廓自行放大缩小,自动聚焦。为了拍到漂亮的机翼,妈妈向右转身,找好角度。我调整呼吸,准备按下快门的时候,嗞嗞的声音又响了。这是提示收到短信的振动音,屏幕上浮出一个小窗口。

——……

——正宇呀。

——嗯?

——有什么事吗?

——没有。

——你的表情怎么那样?

——没什么。

我若无其事地又拿起手机。方形轮廓里同时出现妈妈的面孔和尚未消失的短信窗口。爸爸发来的信息。既然发信人是爸

/ 风景的用途 /

爸,那么不用看就知道是什么内容,不过这次收到的是群发信息。没有任何修饰语,没有催促,也没有表情,是一封讣告。手机屏幕上简单地浮现出故人的名字、出殡日期和葬礼场位置。

乘务员分发关税申报表和出入境卡片。我放下椅子前面的折叠桌,从夹克内侧的口袋里拿出钢笔。自从很久以前埋在书桌上成为"职业"成人之后,所有的书写都是出于实用性目的。开始讲课以后,需要在文件上签名的机会增多了。我想起自己有不错的书写工具,于是从抽屉里翻出了钢笔,然后像很多拥有书写工具的人们那样,最先在纸上写下自己的名字。后来我重新办理存折,填写婚姻申请书,签署租房合同的时候,都是用这支钢笔。和郭教授一起经历那件事之后,在警察署接受调查的时候,我也习惯性地从怀里拿出那支笔。在口供上签名之前,我又把钢笔放回口袋,用桌子上的慕娜美圆珠笔写下自己的名字。

和爸爸见面那天,也就是爸爸到我家门前找我借钱的那天,爸爸接到一个电话。爸爸伸长胳膊,看了来电人的姓名。当时我看到爸爸用"那种方式"看东西多少有些震惊,很久以前离开我们,而且是因为"女人"离开的年轻爸爸,现在竟然已经老眼昏花。爸爸皱着眉头,努力判断来电号码。他没有注意到我在盯着他手机屏幕上的照片。照片上的两个人穿着登山服。两人背后是空旷的天空和四周被染成五颜六色的层层山峰。

131

"看来两个人登上山顶了……"

内心升起说不出是嘲笑还是嫉妒的感情。

"竟然还爬山,还真是活得典型。"

我冷冷地笑着。眼睛依然无法摆脱那两个沉浸在秋日风景中的人。不知为什么,我感觉他们两个似乎知道幸福短暂,而且不会常来,即使来了也十有八九被错过。

想起手机里的讣告,我突然想到了玻璃球里的冬天。想象着某个人的时差,球里大雪纷飞,球外却是夏天。我看到窗外依稀远去的异国的灯光,呆呆地凝视着映在飞机玻璃窗上的脸,然后戴上便携式眼罩,靠在椅背上。回韩国的六个小时里,我什么都不打算去想。我慢慢地调整呼吸想要睡觉,然而总有不知是气体还是液体的东西在体内炽热地翻涌。我咽了口唾沫,努力压下那个东西。我在心里自言自语,"我不期待免费的午餐。"飞机"嗡嗡嗡"的噪音中传来某人对我呼喊"双发失误"的声音。

遮挡的手

我打开洗碗池前的窗户，往窗外看。海面比昨天稍微高了些。整个上午都在下雨。一下雨，十字架也会被水浸湿。我把白天从市场买来的两条石斑鱼放到菜板上。握刀的手上用了力气，鱼骨、筋、肉粉碎的感觉弥漫全身。虎口里的颤抖划出模糊的圆圈，扩散到我身体最远的部位。每次碰触这种半鲜活的食材，心情总是不快。说是禁忌，可是长期以来总在违反的禁忌如今被粉碎，死去的生物再次被杀死，这是一种无聊的喜悦和憎恶。

取下鱼鳞和内脏后，我把石斑鱼铺在提桶里，加入大葱、生姜、清酒，煮到沸腾。煮熟的鱼肉剔下来放在旁边，继续煮鱼骨和鱼头。首先要做出高汤，用来做海带汤。骨汤，小时候我也是喝着用骨头熬制的汤长大的，不乏用乌鱼或泥鳅这种整条生物煮的汤。妈妈是江陵人，我们家过生日的时候放入海带汤的不是牛肉，而是石斑鱼。独立之后我曾一度忘了石斑鱼，现在却也这样做。尤其是我的生日和孩子的生日都要这样做。

提桶里的气泡气势汹汹地冒出来,各种食材相互撞击翻滚。葱段之间可见嘴巴半张的石斑鱼头。半透明的眼珠已经熟成白色。我用勺子撇去杂质和泡沫,心里想着孩子。本来他可以成为其他物种,却生为我的孩子。梓伊没有去别的地方,而是来到这里。当他还是小婴儿的时候,连辅食也不会吃,甚至不会用吸管,所有的事情都要教他。现在看到他在餐桌上用筷子夹食物,骨头也变得越来越粗,我难免会吃惊。

我把燃气灶的火调小,等待高汤入味。至少需要几十分钟的时间,于是我挽起袖子,开始清洗堆放在洗碗池里的餐具。先在刀和木菜板上涂上洗洁剂,再用食醋清洗一次,然后又擦洗了不锈钢碗、过滤网、盘子、勺子。勺子是直接入口的,所以更要用心冲洗干净。每次擦勺子的时候,我都感觉在用手碰触孩子的嘴巴。或许是因为孩子小时候我在手指上缠纱布帮他刷牙的记忆。

分娩后,我在母乳方面吃尽了苦头。现在想起那时候,满满都是为了催乳而吃饭,再吃饭,吃饭的记忆。我戴着产妇腹带,露出两边乳房,泪流满面;妈妈来看我,熬了整整一个月的海带汤;整个家里都是石斑鱼的腥味,当时我的乳汁似乎也带着那种味道。沿着乳头流出的白色液体就像鱼骨汤。

/ 遮挡的手 /

曾几何时,我感觉自己是个散发着腥味,热乎乎、滑溜溜的肉块。我感觉自己变成了被涂掉名字,只表明多少克的营养供给包。很多人都是这样对我。哪怕是以鼓励或者尊重的形式。电影或电视剧中的产妇从不会说出来,我的哺乳真的很累。因为涨奶和乳腺炎,乳头疼得像被火烧一样。孩子饿得直哭,给他吃奶不是,不给他吃也不是,还为此哭过好几回。一周岁左右,大概是因为要出牙而牙床痒痒,梓伊总是咬我的乳头。有时咬得太用力,我差点儿把他扔出去。

尽管受了这么多苦,真到了断奶的时候,我还是因为觉得对不起孩子而哭了很久。感觉轻松的同时,我也知道我们共同度过的时光终于结束了。梓伊大概也是同样的感觉。和熟悉的事物告别,这是大人也不擅长的事。很长时间之后,我懂得了让孩子体验拒绝和失去,这是妈妈的义务,重要性不亚于对子女的爱。因为孩子今后要面对的世界远比这里冷酷得多。这个世界为了战胜冷酷而选择了强烈憎恨某个人的方式,这个事实孩子还不知道。

海带泡好了,用力挤出水,切成合适的大小。把锅烧热,刷一层芝麻油,放入海带,周围溅起小小的油珠。我快速移动手腕,翻炒海带。手像往常那样机械地活动,心却早就飞到了别处。白天在面包房听到的事情总是让我放心不下。我拿着蛋糕盒在收银台旁边拿出钱包,这时身后传来熟悉的话题。我一手拿着蛋糕,急匆匆走出面包房。我的脸涨得通红,仿佛脸颊上的脉搏都要跳出来了。当时我是不是应该反驳些什么才对?有人可能认出我了,我的沉默会不会被看作是对孩子那件事的承认呢?我有些后悔。

邻居女人们面前放着浓咖啡,谈论的那段视频……我也看了。附近传得沸沸扬扬,很多网站和报纸都转载了,不可能不知道。起先我转过头不肯看,最后终于鼓起勇气按了回放键,因为我的孩子出现在视频里。

——怎么说来着?有那样一群孩子……对,多义化。

——嗯,我也看到了,的确很显眼。

——不是妈妈,听说孩子爸爸是东南亚人。

——是吗?……哪方面条件差吗?

——听说那孩子也是同伙?

——我看了评论,说那孩子是主犯。

——不对,他是目击者。

——谁能相信呢,真正的老大都是不用拳头的。

——那倒是,反正这种孩子心里的怨气总是多一些,对吧?

——这可是大事。

——是吧?

——是啊。

——……

——人已经死了……

——……

——……

——是啊。

空气中散发出淡淡的煳味。我回过神来,用勺子迅速翻动锅里的食材。海带边缘泛白。我从旁边的提桶里舀出一大碗鱼骨汤,倒进锅里。伴着唰唰声,淡绿色的油轻轻浮起。关于人们说的那个"传言"……我也问过孩子。犹豫了好几次,终于艰难地开了口。梓伊无比失望地望着我。仿佛在疑惑,怎么连妈妈也这样想。他沉痛地回答:

——妈妈,我没有。

我就像参加一场只能赢不能输的比赛,慎重地观察着孩子。

——……

不像是说谎的表情。

——是吧?

——嗯,不是的,我根本不认识他们。

刹那间,我的心踏实下来,眼泪差点儿夺眶而出。这些天孩子独自承受了很多痛苦,我真想抱着他,跟他说声对不起。

——是的,我就知道是这样。

打开冷冻室的门,拿出大蒜。我会把捣碎的蒜末放进保鲜袋,一格一格地冷冻起来保存。取出一格,我看了看表,刚过下午六点。距离孩子从补习班回来还有一个多小时。烤肉昨天就腌好了,看准时间煮上米饭,再烤上带鱼就行了。啊,还有蛋糕。我从橱柜的调料格里拿出海盐,放入汤中调味。然后放下勺子,看了看燃气灶的火花。远古时代的人们晚上也会生火吧,当他们感到寒冷、饥饿,或者想要寻求帮助的时候。现在属于哪种呢?汤沸腾的声音平静地弥漫在房间里。今天是梓伊的第十五个生日。

* * *

梓伊断奶后第一次吃的食物是白米粥。一周岁左右,像约好似的,一块小小的白色骨头,犹如新芽般从孩子嘴里长出来。这是人类唯一暴露的骨骼。梓伊对辅食适应得很好。他像学习说话一样,逐一熟悉人生最初接触到的各种"味道"。写满思考和判断的脸庞,叽里咕噜移动着下颌肌肉,继续着思维的结网和感觉的编织。有时他会冲我做出得意的表情,仿佛向我展示凭借自己的力量完成的美丽蕾丝。每当这时,我都开玩笑似的表扬他,"我的梓伊,真的长大了呀!"一边说,一边使劲抚摸他,像抚摸动物。

梓伊成长得很好。时而变胖,时而瘦下来,如此反复好几次。偶尔也会为了让养育者开心,而发善心似的微笑。偶尔感冒,他会长出孩子不该有的下颌线,显得格外清秀。现在也到了因为青春痘化脓导致耳廓油乎乎的年龄。梓伊上学,我打扫房间,看到掉落在枕头上的头发或睫毛,我会真实地感觉到梓伊仍然在"成长"。一部著名越狱电影的主人公一点一点挖空监狱墙壁之后,把土装在口袋里偷偷扔掉,梓伊也在通过不断抛弃自己的部分获取成长。感谢梓伊。我的生活来自我的选择,所以我并不后悔,然而梓伊呼吸到的空气却不一样。从第一次见面的瞬间开始,我就一直是成人,梓伊并不是。我突然想起梓伊在儿童之家门前脱掉长靴叹气的情景。我责怪他:"小小年纪叹什么气。"他回答说:"小孩子本来就很辛苦啊。"他说的好像"小孩子"是某种职业或苦力,让我啼笑皆非。现在回想起来,梓伊的话应该没错。每个时期都要因为无知或所知而付出巨大的代价。

梓伊也因为他是梓伊而支付了很多费用吧。我知道的就有好几次,不知道的应该更多。小学三年级,梓伊加入了教会唱诗班。我忙于生计,收到活动邀请函的时候,最大的感觉不是期待,而是义务。当我真的看到站在舞台上的孩子,内心涌起阵阵酸楚。看到他神情畏缩地站在同龄孩子中间,原来这孩子已经用他小小的身体承受"社会生活"了。因为是圣诞节,教堂里有很多灯光。照明度较低的天花板吊灯和缠在假树上的小灯泡,唱诗班提着的烛台,各种"光团"疙疙瘩瘩地漂浮于黑暗之中。气氛虔诚而寂静,我感受到轻微的震撼。随后是孩子们唱歌,用他们"味觉"体验还不多,没有吃过死动物的潮湿而清爽的舌头。有的音在半空中画出细长的抛物线,继而栽倒;有的音追随某人单独飞行,心甘情愿地落下,当所有人都在关注即将消失的音将要去向何方的刹那,很多个音犹如孔明灯般飞起,像是对消灭的安慰。中间不时穿插梓伊的独唱,宛如美丽的桥梁连接起所有的音。梓伊的声音纤细而透明,好像遭到小小的冲击也会支离破碎的电灯泡。唱到高音的时候,仿佛声带里的灯丝发出黄色的光,轻轻颤抖。父母竟然会对子女产生敬畏……是你身体里的哪样东西让你变成这个样子的呢?哪些是我给你的?如果既不是我给的,也不是你生来就有的,那么它从何而来?我记得自己当时只是茫然地鼓掌,完全不知道你是怎样艰难地唱完那首歌。因为在我看来,教会看起来就像永远安全的地方。没有信仰的我坚持把孩子送到教会,也是出于这个原因。当我为了赚钱而离开梓伊的时候,我希望有人陪伴在孩子身旁。哪怕他是素不相识的神灵。

几天后梓伊对我说,他以后不想唱歌了,不喜欢听朋友们说,"你的确有点儿特别。"

——为什么?这不是称赞你吗?

梓伊嘴角挂着一丝不悦。

——妈妈你是韩国人,你不了解。

我大吃一惊,回答说:

——你也是韩国人。

/ 遮挡的手 /

* * *

我打开水龙头,不锈钢碗里冒出白色的水雾。手指张开,慢慢地转动手腕。米粒像时间从指缝间滑落。淘米水倒掉两三次,然后把米放入铁锅。平时都是用电饭锅,但今天是特别的日子。白米和糯米按照2∶1的比例混合。这些够我们母子吃两顿。梓伊和我都喜欢吃软米饭。一方面是口味相似,另一方面肠胃也差不多。我肠胃较弱,不太喜欢拌饭。我把手掌放在浸湿的米上。半透明的米水在手背上静静地荡漾。尽管这是经常做的事情,然而每次测水量的时候,都有测量生命的感觉。水沿着三十年旧公寓的生锈水管到达我面前,它的履历和用它洗过的白米,促使我联想米饭变成血的通道。这种时候我会感到遗憾,要是把大学时代的学习继续下去就好了。第一次见到梓伊的爸爸,也是在插满专业书籍的书柜前。当时没有料到日后我会重新进入两年制营业学系,寻找独自谋生的道路,就那样坠入了爱河。

有一段时间,我要兼顾学习、工作和育儿,实在受不了,就回了娘家。起初打算在那里住到孩子上小学,因为妈妈身体突然出了问题,就住到了现在。去年妈妈去世了,现在这里只有我和孩子两个人。

我在市中心的中学工作了几年,最近换到了疗养院。学校因为生源不足而与其他地方合并了,这是无可奈何的现实。配餐指导的工作是决定怎样分配资源,先分给谁,在学校里的重要性仅次于"成绩"。每个月分发的"本月食谱"是唯一发给全校孩子的家校联络单。有的孩子把食谱当成书来妥善保管,有的孩子把它放在塑料文件袋里,贴在书桌上。青春期的孩子们对食物的执着真是非同小可。

——那么难吃的东西?

一名大学同学瞪大眼睛,情不自禁地贬低我的"配餐"。我笑着回答说:

——孩子们在学校里还能有什么乐趣?就是盼着到配餐时间。吃完配餐去小卖店买面包和冰激凌。

不论在职场,还是在家里,做饭都是劳动,有时还是繁重劳动。即使非常简单的食物,里面也要包含购物、储存、清洗、择菜、调理、烹饪、丢弃等过程。为几百人准备餐食,回到家里疲惫不堪,至于我自己,很多时候就用泡面或面包填饱肚子。营养师就是每天都要听"万人饮食意见"的职业。如果在配餐食谱中加入热狗或炸猪排,迎合孩子们的口味,老师们就会抱怨。如果加入冬葵汤或马蹄菜满足老师们的胃口,孩子们又不喜欢。因为预算问题而搭配朴素餐食的话,有人就会怀疑我的道德,大发牢骚。我曾为此伤心不已。有的男生瞒着班主任老师,偷偷拿着餐盘去外面,只是因为懒得返还,就把餐盘扔出学校围墙,从而引起民怨。这都算是小事了。食材验收书、交易清单，等等，需要承担的行政业务也很多。因为是合同制，在配餐满意度调查期间或运营委员会监督期间，我会不由自主地变得敏感，更加细致地检查厨房状态。有一次，我听到阿姨们一边洗碗一边窃窃私语：

——天啊，好累，为什么要这么敏感？

——别说了，独自生活的女人就这样。

——所以才离婚的吧。

医院餐厅要为不同患者提供不同食谱，需要留意的事情更多。当食物成为毒药的时候，甚至会导致患者休克而死。疗养院里有很多身体不便的老人。他们经历过战争，了解战争，仍然处于战争状态。像所有人群一样，他们中间有好人，也有不好的人。一脸固执地展示出奇怪的食欲，你要是讨好他，他对你说平语；你以公事公办的态度对他们，他会教训你。明明饭后没什么事可做，却偏偏要插队，动不动就强调长幼有序，这样的人也不在少数。

——不要太在意。因为他们拥有的道德只有这么一点点。

很久以前和你手挽手走在路上的时候，经常有人看我们，你就会不以为然地这样说。看到医院里的老人，我偶尔会想起你那句话。我喜欢你的聪慧和机智，可是每当你轻松地概括和判定某件事的时候，我都会产生奇妙的抗拒心理。有时这是以最简单的方式理解他人，省略了个人的历史和重量、脉络和奋斗，看起来就像过于漂亮的合理性。尽管在这个郁闷而无聊的小城市里,包括我在内,明明对这种合理性如饥似渴。

在职业稳定性方面,疗养院要优于学校。学校是不断消失的趋势,医院却因为没有床位而住不进去。只是疗养院经常让我联想到"老化"。想到年老之后的事,总是会心生恐惧。凭现在的年薪能支撑到多少岁呢?我不想成为孩子的负担……我并不期待优雅奢华的晚年。只是经常对清洁和卫生感到不安。冬日在浴室里用热水冲洗身体的时候,我会担心"十年后我还能这样每天洗澡吗?"马桶、被子和窗框能保持现在这样干净吗?想过整洁的生活,需要有钱才行,就像为了收纳首先要买收纳箱。清洁也有清洁的惯性,总是会注意到经常打扫的地方。如果污渍持续放置不管,会没有关系吗?老了如果能去疗养院,那算是运气好了。有的羞耻和侮辱用钱也无法掩饰。现在看我妈妈就是这样。不知从什么时候开始,原本整洁的家变得乱七八糟,妈妈精心烹制的食物里经常出现头发,已经到了很严重的程度。起先以为妈妈体力变弱,做不动家务,后来才发现,我看得清清楚楚的污渍妈妈却看不到。对于视力减弱的妈妈来说,她不是不清理灰尘,而是灰尘根本不存在。妈妈的尿味越来越令人作呕。有一次,不懂事的梓伊在外婆之后进入卫生间,他口齿不清地说道:

——妈妈,卫生间里为什么有呕吐的味儿?

从那之后,妈妈每次上完厕所都要在卫生间里喷芳香剂。那是从妈妈常去的保健院里买来的杂牌货。比起妈妈的尿味儿,那种毒烈的香味更让我难以忍受,但是我没说。即便这样,陪妈妈度过的那几年仍然是我特别的回忆。没有糊边的煎蛋和泡在冰水里的腌黄瓜,水煮圆白菜,黄花鱼,这些构成我们的夏日餐桌,赤手剥下鱼肉放在儿子和妈妈的米饭上面,然后轻声聊天。往事依稀浮现在眼前。不过最重要的是因为我结婚的时候让妈妈操碎了心。有妈妈帮我照顾梓伊,我终于能活得像个人样,也能像人一样坐在餐桌前吃饭了。同时我也明白了,世界上最好吃的饭就是不用我做的饭。生活在父母身边,人的思维大概也会变懒,我常常忘记自己的年龄。四十岁之后,我总是把年龄记错一两岁。

——妈妈,我现在多少岁了?

每次妈妈都是一边往嘴里塞六七种丸药,一边漫不经心地回答:

——自己的年龄自己数着。

偶尔我会感觉妈妈很陌生。我记忆中的妈妈豁达吗?还是富有生命力的无礼而粗俗的面孔?好几次让我不知所措。我的两个表姐在一个月里陆续因为意外事故而失去孩子,妈妈说,"怎么会同时发生这种事","我走到哪儿都不敢说话,没脸见人,生怕别人说我们家是遭报应"。妈妈这样说的时候,身穿丧服的表姐就在面前。妈妈是老了吗?难道丧失了分辨力和克制心?我涨红了脸。

——那么,我爸爸也是遭报应吗?

回家路上我反问妈妈。妈妈说是因为自己的无知,然后把头转向窗外。妈妈用曾做过军人的爸爸留下的抚恤金勉强度日。

妈妈出殡那天,家里的长辈们说,"久病床前无孝子,你妈妈不想让你受苦,才走得这么急。"这句话深深地刺痛了我,因为当我自问有没有过这种想法的时候,我竟然无法轻易做出回答。我总是害怕,害怕自己的孝心战胜不了生活之苦。如果是孩子的事,我是不会这样想的。

我真切地认识到清洁有清洁的惯性,污渍有污渍的惯性,那是在梓伊读小学的时候。距离让我对梓伊心生敬畏的圣诞节活动还有几天,梓伊在唱诗班代表选举中以三票之差落败。成长过程中的输赢本来没什么大不了,可是一张投票纸上大概写了稍带侮辱性的语句。主持的孩子草率地念了出来,气氛变得尴尬。这时有几个孩子小声笑了起来。梓伊很想知道是谁在笑,可是身体僵住了,没能转过头去。比起选举落败,更难忍受的是那笑声。半年前从学校班主任那里听说教会里发生的事,我的心都揪起来了。我为自己完全不了解梓伊的心思而感到羞愧和自责。即使有一半朋友支持自己,却还是有被群体否定的感觉。每次看到朋友们善良的面孔,都忍不住怀疑"会不会是你?""是你吗?"那是时光每天都在抽打脸颊的感觉,仿佛遇到了复杂而难解的作业。我为了安慰他，为了让他有自信，竟然说了这样的话：

——梓伊呀，你爸爸不是来这里工作的，他是来学习的，老家还有下人呢。

唱诗班的事情过后，梓伊的生活并没有发生大的改变。只是去补习班的时间更长了。我的收入本就不多，大部分都投入到了孩子的教育。我认为这是保护孩子的方法。我想让他成为不受任何人蔑视的人。梓伊也乖乖地顺从我的心意，初中就成为值得全学年同学喜欢的人。我和梓伊都知道，他内心深处发生了某种变化。他不会把心事全部讲给我听，可是这种变化我还是知道的。

*　　*　　*

隔着洗碗池前的窗户，我看向外面。仿佛这样我就会知道你在哪里，到了哪里。现在是冬天，外面已经黑了。我从橱柜里拿出小煎锅，放在火上。锅底抹上一层葡萄籽油，小心翼翼地把两块厚带鱼滑入油锅。"嗞啦"一声，四周弥漫着香喷喷的味道。这是豆香和芝麻味无法企及的暴食者的醇香，靠吃其他生物的肉而存活的生物独有的深度醇香。金黄色的气泡在银色鱼身周围密集地翻滚。我盖上玻璃盖，等待带鱼熟透。放在餐桌上的手机提示有短信。

——妈妈,我坐上公交车了,十分钟后到达。

——嗯,有点儿晚了呀?饭都做好了,快回来吧。

回完短信,我关上短信窗口,白天打开的新闻网页映入眼帘。一天的时间里,我就刷新了好几次评论列表。按照发表先后顺序重新排序,熟悉的责难和辱骂蜂拥而至。"学生虫引发癌症""人性垃圾""急需恢复三清教育队",大部分都是对施害学生的责难和诅咒,也不乏"老人也要有老人的样子""我理解他们的心情"之类。一条评论吸引了我的视线:

"K市中学生暴打老人视频不打马赛克版本,身份公开,请广泛传播。"

网上还没出现过不打马赛克的视频,我的孩子的面孔也会出现……这可不行……要想把视频从网络删除,应该怎么办?找谁说呢?我坐在餐桌旁,一手撑着额头,一手点开了视频。梓伊出现的部分,我不知不觉回放了好几次。看得很仔细。

我和梓伊第一次看这段视频是在警察署。8分42秒的时间里,我们母子俩默默无语,屏住呼吸。这是停在便利店门前的汽车的行车记录仪拍下的视频。没有声音,通过画面完全可以猜测当时的状况。现在,网上流传的不打马赛克版本就是当时看到的那段视频。

三男一女,四名十几岁的孩子坐在便利店门前的椅子上。白

/ 遮挡的手 /

色塑料长椅上放着辣味烤鸡面的包装和罐装可乐,糖醋肉味零食袋子。一位老人推着装有废纸的婴儿车经过。一个孩子走到老人面前,递给老人一张五千元纸币,商讨着什么。老人指着孩子,训斥了几句。他冲着孩子们吐口水,然后把堆放在便利店门前的纸箱子放上婴儿车,走了。像是队长的孩子用三分投篮的姿势扔出空烟盒,朝着婴儿车。梓伊做证说,"烟盒也是纸做的,所以当作废纸送给老爷爷","那个哥哥是这样对爷爷说的"。烟盒在空中画出长长的抛物线,打中老人的后脑勺之后弹了出去。老人怒气冲冲地回头,争吵起来。队长孩子跟老人说了句什么,其他孩子跟着哈哈大笑。被激怒的老人抓住女孩子的头发。队长孩子朝老人踢了一脚。这一切都被对面娃娃机前的梓伊看在眼里。老人挨了一脚,无力地栽倒下去,躺在沥青路上瑟瑟发抖,然后就一动也不动了。一个孩子悄悄走到老人身边,观察他的脸,然后朝另外三个孩子露出暗淡的表情。他本能地环顾四周,看见了远远地目击到这一幕的梓伊。梓伊避开对方视线,转过头去。孩子们犹豫片刻,迅速离开。梓伊也消失在画面之外……消失了,消失了。大约五十秒之后,却又出现了。很多看到视频的人们都集中在这个画面上。为什么会这样?他想做什么?刚才因为害怕什么都没做,随后又想来救老人?梓伊慢慢地进入方形画面。接着……他小心翼翼地走到娃娃机前,拿起刚才忘拿的玩具狮子,急匆匆地离开了。几分钟之后,出来倒垃圾的便利店青年发现了老人。青年大吃一惊,急忙打电话。

149

看到行车记录仪拍下的视频,梓伊有些慌张。他说他只是回来拿玩具。后来很多人骂他,我觉得他还是孩子,这样做也是情有可原。我担心的不是这个,而是梓伊会不会因为那天的事情受到强烈打击。有时候受伤最重的不是做事的人,而是目击者。比如经历过战争、了解战争的疗养院老人们经常说的"暴力屠杀"。调查官确认了几个简单的事实,就让我们回家了。没想到这么容易就结束,我甚至觉得自己白紧张了。当我们准备离开的时候,调查官轻描淡写地抛出一个重要问题:

——啊,对了,你为什么不报警呢?

梓伊动了动嘴唇,小声回答:

——其实那天我没去辅导班上课……我怕事情暴露,妈妈会批评我。

这句话在我心里留下了奇妙的污痕。我知道事发当天没有辅导班课程,然而在那个瞬间,我不知道自己为什么会点头,仿佛我同意孩子的话。如果他说担心哥哥们报复,别人也会理解的。梓伊为什么说谎呢?

* * *

外面传来锁被打开的声音。伴随着聚酯纤维材料的夹克窸里哗啦的声音,同时传来的还有急匆匆的脚步声、卫生间门关闭

/遮挡的手/

的震动声。房子很旧,尿液落在马桶里的声音在厨房里都听得见。

——啊?这是什么味儿?

梓伊湿漉漉的双手在裤腰上擦来擦去。他的身体散发出外面空气中鲜腥的活力和凉气。

——妈妈好像把菜烧煳了。

——嗯?是带鱼?我喜欢带鱼。

——是啊,两万元一条买的,妈妈忘了。

梓伊在自己房间里换衣服。我准备好了晚饭。我把烤肉倒进炒锅,热了海带汤。我用长筷子翻动烤肉。敏捷地往餐桌上摆好勺子筷子,取出泡菜。迅速回到燃气灶前看烤肉,盛饭,盛海带汤。白米饭堆出漂亮的尖儿,特意往梓伊碗里多放了石斑鱼肉。少了烤带鱼有些遗憾,不过我拆了包海苔,倒进盘子。不管多忙,都用瓷盘盛食物,而不是塑料容器,这是我和父母那代保持半步差距的生活方式。说是半步,其实有着决定性的不同。或许是因为回老家之后物价有所降低,生活稍显从容,平时我也会嘱咐梓伊不要直接用瓶子喝饮料,而是倒在杯子里喝。这样的小事以后会成为巨大的守护。又深又大的盘子盛上满满的烤肉,今天的晚餐准备完毕。摘掉围裙,坐到餐桌前。两个人面对面坐着,四人餐桌上面热气氤氲。

——吃吧。

——嗯。

梓伊本想直奔烤肉,但不知为什么,犹豫着保持了礼节。

——妈妈先吃。

我哭笑不得,紧张感也减轻了。

——我的梓伊,长大成人了。

冬天的夜,潮湿的厨房,"咔嗒咔嗒","当啷当啷",餐具和筷子碰撞的声音不规律地回响。

——妈妈。

梓伊叫道,眼睛没有直视我。

——有什么事吗?

——能有什么事。

——那你的表情怎么那样?

——……因为带鱼煳了。

梓伊嘿嘿笑了。

——我还以为怎么了呢。

我跟着梓伊一起笑,视线转向梓伊的手。不知不觉间,骨节已经变粗了。小婴儿的时候,肉乎乎的手背上有个酒窝似的小坑,不相信那是自己的手,总是往嘴里塞。

——梓伊呀。

——嗯?

——多吃海带,对骨头好。

/遮挡的手/

孩子爽朗地笑了。脸因为防晒霜抹得太多而略显苍白。不知从什么时候开始,梓伊开始涂过多的防晒霜。像今天这样下雨的日子,或者傍晚外出的时候也不忘记。

——妈妈每天都说对什么什么好的,大蒜对哪里好,洋葱怎么怎么样。

梓伊开始调皮,我又感觉他像原来的梓伊了,内心深处泛起深深的亲密感。这个孩子,小时候总是在饭桌前大声说个不停,用简单的词汇表达想法,话尾总要连着"呃、呃",这种傻傻的习惯也那么可爱,究竟什么时候长到这么大了呢?我沉浸在短暂的回忆中,喜欢和孩子之间毫无意义的对话,于是故意找话题。

——以前去学校,我看到早会之前没有一个孩子吵吵闹闹呀?教室里连灯都没开,都趴着玩手机,你也是这样吗?

——哦,那个?开灯的话看不清液晶屏,也懒得开。

——那还能学习吗?

——所以没收了。

——谁?老师吗?

——手机志愿者。

——还有这个?

——嗯,很多,分类回收志愿者、课题志愿者,这些可以获得学分。

梓伊呼噜噜吞咽着海带,从嘴里抽出一根细刺。

——妈妈不是也知道配餐志愿者吗?

——当然知道。

听着手机志愿者的事,我对孩子所处的世界充满担忧,只是忍着没有表现出来。孩子小的时候,只要把门一关,自然断绝了和外界的往来。现在,"外界"就放在他的口袋里如影随形。我知道他和朋友们互发短信,玩手机游戏,喜欢看网络实时新闻,偶尔会担心孩子身上已经插入太多的"社交"。各种评判和解释、亲密与焦躁、欺骗和微笑共存的"社会"全天候与孩子相互连接。我比孩子更早进入社会,体会过压力和疲劳,所以很担心。现在,如果想打一个人,不需要叫他"到楼顶来"。即使现在孩子和我一起吃饭,其实也可能在某个地方被人打得头破血流。不过梓伊肯定会说我这样是老古板。

——妈妈。

——嗯。

——你为什么和爸爸分手?

面对意外的问题,我慢慢地抬起头,试图让自己不表现出惊慌。

——⋯⋯以前不是告诉过你吗?

——不是那个,真正的原因。

梓伊在我面前极力表现出大人的样子,流露出社会化的表情。仿佛他对这个社会比我了解得更多。

——是因为我吗?

——不是,你要我说几次。

/ 遮挡的手 /

——那是为什么……？

——少废话,快吃饭。

——告诉我,就当作是生日礼物。

……让我告诉你？我不知所措,反而笑了出来。该怎么解释呢,说了你就会懂吗？也许你听起来觉得奇怪,可是梓伊呀,大人是不会轻易分手的。发现彼此之间有无法重合的间隔,也不一定就意味着分别。这不只是妥协,首先是对他人的礼节。或者说是谦虚？不过有的人最终还是要分手。并不一定是谁做错了,每个人都尽了全力,还是会发生这样的事情。因为彼此固有的存在方式和重力的缘故,不是不见,而是无法相见。就像以猛烈速度避开地球的行星。按照数学原理,两个庞大的潜在事件擦肩而过。雄壮而坚定,"唰"。有时强烈而迅速到谁都没有意识到这件事的发生。但是在彼此的内部有东西在燃烧,消失。虽然只是掠过,却被灼烧到了。如果碰撞,可能粉身碎骨。擦肩而过的时候发生了燃烧。成人的身体里或许都有很多这样的烧痕。烟灰在身体里留下了只有自己才能完全理解的暗号。不是对方说过的话,而是对彼此没有说过的话产生疑问和敬畏。不过,我们是因为说了什么话而走到这一步的呢？是的,妈妈和爸爸……累了。"理解"是需要姿态的,就像躺着就要摘掉帽子,感到疲劳的时候最先扔掉的就是它……这些我没有全部解释给梓伊听。怎样才能摆脱此刻的困境呢？我左思右想,抛出了不算真心话,也不算说谎的回答。

155

/ 外面是夏天 /

——你问妈妈为什么和爸爸分手？

——嗯。

——嗯……因为想法不一样？

出人意料的是，梓伊露出了轻松的笑容，然后说出了教科书式的训诫语：

——那么你们应该讨论啊，在民主社会。

收拾完餐桌，我从阳台拿出蛋糕。这是一块古典样式的鲜奶蛋糕，普通蛋糕店都有的那种。装饰在蛋糕边缘的奶油花儿整理出漂亮的尖儿。糖水浸泡过的猕猴桃、草莓、柑橘花花绿绿，像塑胶一样闪闪发光。

——我们点蜡烛唱歌吧？

——讨厌，我们不要弄这些，不要。

——那也得点蜡烛呀。

我从粘在蛋糕盒子上又长又宽的纸袋里拿出彩色蜡烛。麻花形的细长蜡烛下端缠绕着银箔纸。一支蜡烛代表一岁，共有十五支蜡烛。蜡烛深深插进柔软的蛋糕坯里。每年给孩子点燃生日蜡烛的时候，我都既喜悦又严肃。因为我知道，漫长的一天天聚集成一年，一年一年聚集成的人生是多么辛苦，多么珍贵。

——哦？怎么没有火柴？

翻开纸袋，冲着掌心甩了甩。不知道是蛋糕店老板忘了给，还是白天我过于慌张而忘了拿。

/ 遮挡的手 /

——那就用别的东西点吧。

梓伊不以为然地说。

——……在哪儿呢？

我转身去翻橱柜抽屉。里面放着一次性木筷、牙签、开瓶器，好像以前在这里见过打火机。

——没有吗？

——奇怪。

我朝鞋柜走去，翻找工具箱。手套、绳子和锤子中间放着准备停电时使用的蜡烛。那里面也没有火柴。

——哎哟，真的，什么人家，怎么会连火柴都没有？

——那就算了，妈妈，反正点了也还是要吹灭。

——不，那也得点上蜡烛许个愿才行。你有没有打火机？

——什么？

——有的话就拿出来，我不说你。

——我没有啊？

我仍然没能放弃对火柴的执念，翻着收纳箱里的传单，嘴里突然冒出这样的声音：

——梓伊啊。

——嗯？

——明天要不要和妈妈一起……参加那位爷爷的葬礼？

这些日子我从没想过这件事，今天却脱口而出，我自己也很震惊。今天整整一天，我的心情都很沉重，或许就是因为我想要跟孩子说这句话?

——……

——我们一起去吧。妈妈希望梓伊和那位爷爷道别。

——……

——儿子,你知道怎样向过世的人行礼吗?

——……

——像这样,挡住吃饭的手。

——……

面对孩子,我用左手盖住右手,不自然地做着示范。

——妈妈以前也总搞不清楚,很紧张,生怕弄错。可是呢,这样背过之后就不忘了。吃饭的手,遮挡的手,吃饭的手,遮挡的手……啊,对了,妈妈和你是相反的。

梓伊盯着自己的脚尖儿看了一会儿,开口说道:

——……我考虑一下。

见梓伊这样说,我很难过,也很遗憾。

——好,谢谢你。

梓伊身上的手机突然响起。他看了看来电号码,悄悄回了自己房间。我独自留在厨房里,望着面前的空椅子和蛋糕。为什么这个样子?出于怎样的想法?面对刺眼的闪光灯和蜂拥而来的提问,把夹克罩在头上的孩子用听不清的声音喃喃自语。我根本没想过要伤害老爷爷。是爷爷先骂我的啊。我们只是想给他一点儿"教训"。老人在生死边缘徘徊几天,最后撒手人寰。好不容易联系上多年不见的子女,子女们放弃认领老人尸体,因此将要举行一场"无主葬礼",我也是今天看到报道才知道的。

——是谁?

——就是一个认识的同学。

梓伊把手机放回裤兜,坐在我面前。

——学校里有没有人说什么?

——无所谓。

梓伊嘴上说着无所谓,脸上却掠过一丝阴影。

——不行,蜡烛,我要用燃气灶点火。

我拔起一支生日蜡烛,走向燃气灶。"哒哒",打开燃气灶,我凝视着蓝色的火花。远古时代的人们晚上也会生火吧。当他们感到寒冷、饥饿,或者想要寻求帮助的时候。烛芯尖部燃烧起来,冒出黄色的光芒。我拿着蜡烛回到蛋糕前。

——你那么喜欢玩具狮子吗?

孩子的脸微微僵住了。

——啊?怎么了?

我倾斜手里的蜡烛,点燃另一支蜡烛。

——你房间里有三只同样的玩具狮子。

——不是因为喜欢才抓出来,而是因为娃娃机里的玩具狮子最多才抓到的。因为多,所以容易抓到……

蜡烛尽头冒出丝线般的黑烟。光从一支蜡烛移到另一支蜡烛,再移到另一支蜡烛。

——是这样啊?

——……

不一会儿,蛋糕上的全部蜡烛颤抖着照亮四周。斑斑驳驳的黄色火花温暖而美丽。滴滴答答,烛泪快速滴落。

——视频还没有完全撤下去。

——妈妈给网络稽查队打过电话,原视频删除了,但是还有复制版在网上流传,所以需要些时间。

不加马赛克的视频中,梓伊脸上的慌张清晰可见。开始是充满好奇的表情,某个瞬间突然用手捂着嘴巴,瞳孔瞪得很大,从这个场面就能猜测到梓伊有多么震惊。

——不过那个视频没有声音。

——嗯。

——中间他们说了一句话,然后哈哈大笑,说的是什么呀?

原本沉默不语的孩子,嘴角泛起奇妙的气息,是天真的童趣,或者饶有兴致?

——老不死的?

说完,他似乎恍然大悟,急忙收起笑容,仿佛要掩饰什么宝贵的秘密,或者不能被任何人发现的宝藏。我盯着孩子的脸。不是因为他说了奇怪的话,而是感觉我以前在哪里见过他刚才的表情。在哪里呢?我是在哪里看到的呢?

——这是什么意思?

——哦,就是同学之间说的话。妈妈,我们不是要吹蜡烛吗?

/遮挡的手/

他急匆匆地站起来,关掉厨房的灯。寒冷黑暗的冬夜,黄色的光在我和孩子之间摇曳。烛光下,我们为什么看起来和从前不一样了?现在真的到了许愿的时间。我调整呼吸,准备为他鼓掌。梓伊闭上眼睛,轻轻微笑。看到他微笑的瞬间,我的心里发出短促的叹息。望着孩子含笑的嘴角,我的喉咙哽咽了,脸涨得通红。我突然觉得那只手,视频里出现的那只手,梓伊用骨节变粗的手慌忙遮挡的也许并不是尖叫,而是笑声。如果真是这样,那么这些日子我给梓伊的是什么呢?不一会儿,孩子睁开眼睛,用明亮的眼眸望着我,然后鼓起胸口,用力吸气之后,"呼"地吹了出去。蜡烛灭了,周围瞬间变黑。我一动不动,试图在黑暗中寻找那张看不清楚的脸。

您想去哪里

今年春天,我接到住在苏格兰的表姐打来的电话。她和丈夫出去度假,房子要空一个月,问我想不想去住一段时间。

——一个月?

——也可能更久。

我用镜子照着裸露的后背,一时走了神。肩膀有点儿痒,我正在观察。我看到肩膀后面起了圆形的粉红色斑点。

——是找人帮忙照看小狗吗?

我漫不经心地翻着急救箱,寻找药膏。大概是文胸的钩碰到皮肤,引发金属过敏。

——我们不养宠物,丹对宠物过敏。

——那为什么……

"偏偏给我"打电话,我含糊其词地说完,表姐说"我只是",然后尴尬地继续说道:

——觉得你是不是应该离开那里一段时间。

只是把"房子"借给你住一段时间,不要想得太多。距离七月份还有两个月,你可以慢慢考虑。那时我们夫妻俩会在泰国,你只要记住门禁密码就行,然后询问了亲戚们的近况和韩国的情况。挂断电话之前终于进入正题,问我身体怎么样,很抱歉不能来参加葬礼。

韩国到英国的飞行时间是11个多小时。读书,看报,随便点击存储在手机内显示屏里的最新歌曲和流行音乐、"最受韩国人喜爱的歌曲",变换各种姿势睡觉,时间还是过得很慢。到达希思罗机场的时候,我已经看完了四集情景喜剧、两部纪录片、一部电影。

我乘火车从伦敦去爱丁堡。看多了会把眼睛染成蓝色的天空和边际分明的云团,稀稀落落地矗立在草原上的风力发电机,看到这些不由得想起"宁静的海洋性气候"的说法。这个岛国的天空酷似以前在日本动画片里看到的天空,酷似疲于打仗的士兵回忆幸福童年时的风景。也许是这个缘故,我感觉面前的"晴朗"犹如从别人家摘下来的窗帘。眼前美丽的荡漾着的"现在"仿佛是美好的过去,又像是即将到达的未来,只是无论成为什么,都不属于我。

表姐家位于景区之外的老城区。我一手拿着行李,一手握着手机看GPS,摸索着找路。附近几乎看不到人,不知道是所有人都出去度假了,还是因为天黑。背靠着四车道公路,走过两个街区,然后左转,熟悉的建筑物出现在视野里。那是一栋三角房顶的旧式石造建筑。奶油色外墙上沉淀了岁月和青苔,乍看上去像灰色。我站在门口,认真确认了门牌号,然后按下密码。现代风的机械音破解了长久的黑暗。我打开门,走进黑暗。

我放下行李,接连睡了几天。每天都时雨时晴,反复多次。我在苏格兰的天空下睡得昏天黑地。我努力鼓起胸脯,再收回,睡得像个刚刚学会呼吸的孩子。就这样,我渐渐适应了"丹和秀妍姐姐不在"的"丹和秀妍姐姐的家"。相比在韩国的时候,独处的感觉有所减轻。失去丈夫之前,我不知道自己在家里会发出怎样的声音。有人共同生活、声息混杂的时候意识不到,可是丈夫离开世界之后,我知道自己的脚步声,我用水的声音,关门的声音都很响。不过最响的还要数我"说话的声音"和"思考的声音"。因为没有说话的对象,那些未能延伸到对方的琐碎话语就尴尬地萦绕在嘴边。只有我们两个人使用、两个人创造的流行语,对话模式,床上密语和诽谤,仿佛可以持续到永远的唠叨,玩笑和叮嘱,日日夜夜在家里飘荡。我像撞上玻璃墙而死的鸟,屡屡与他的不在碰撞,跌落在地。直到这时,我才像傻子一样恍然大悟,"啊,这个人,现在已经不在了……"

/您想去哪里/

那天……我正在家里腌泡菜。我在客厅中间铺上报纸,像准备考试那样严肃地读着"萝卜缨泡菜腌制方法"。旁边的手册上密密麻麻地记录着很久以前妈妈教我的腌制方法。我是坐在六人病房的床上听妈妈讲的这个方法。患者和看护者的床高度不同,我记得自己抬起头,像小孩子似的仰望着妈妈。在我的身体长大之前,至少在中学之前,我习惯了这样仰望妈妈。曾几何时当我想看人的时候,也会自然地看到天空。世界上存在一个养育孩子的高度。失去妈妈之后,我感觉蓝色的天空就像背景,暗示比我年纪大的人要先去的地方。整个童年时代,我都在预习父母和子女之间永远无法缩短的时差,当时我还觉得这是老人的事情。我相信短时间内这种事不会发生在比我小或者和我同龄的人身上。

结婚后,我模仿妈妈的手艺下过几次厨。每次味道都不一样。有时味道还不错,糟糕的时候也很多。不过用鳀鱼做汤底煮面,我还是很拿手的。丈夫喜欢吃面食,我经常做,越做越顺手。后来我也做过牛肉萝卜汤,也会腌烤肉。至于腌泡菜,我还是想都不敢想。不知为什么,我总觉得腌泡菜或大酱事关重大,非常困难,只有妈妈们才做得来。那天,我很奇怪地就想做"这件事"。也许因为在那个春日,我和丈夫经过长时间讨论终于做出了要个孩子的决定,而我也想做些新的尝试。那天下午,我在厨房和客厅之间勤劳奔走,熬糯米糊,研磨辣椒和洋葱,切韭菜,等

165

待丈夫回家。菜板旁边堆着五捆新鲜的萝卜缨。还没等我准备好泡菜调料,就有电话打来。我腾不出手,而且也不认识号码,就没打算接。直到接连振动了三次,我只好摘下一只手套,按了通话键。

那天也是丈夫开始戒烟的日子。

后面的事情我就记不清了。断断续续的几个场面在脑子里交错混杂。泪水如汗水般渗出。即使不是感情汹涌的时候,眼泪也凝结在脸上,像脓水。葬礼那天,我呆呆地坐在丈夫遗像前,三岁的小外甥摇摇晃晃地走来。他是我妹妹的儿子。外甥表情暗淡地盯着我的脸。然后,这个连话都不会说的孩子把自己手里的零食放到我的手中。

出殡结束,我坐在火葬场的等候室里。婆婆怒气冲冲地说,"那些人,怎么一个都没来","怎么说道庆也是为了救自己的学生才走到这个地步。我们也是人,又没说什么,也没想要他们给我们磕头。虽然没有血缘关系,至少也应该来道个别,才算不失礼呀"。

——听说那个孩子没有父母。

大伯说道。他在葬礼上见过学校的几个人。

——爷爷奶奶呢?连个亲戚都没有吗?总得有人养育他们

吧。难道不该来个人看看吗？看看我们道庆。

——听说他跟着姐姐生活，都是孩子。不过他姐姐身体也不好，辍学了……

婆婆本来还想再说些什么，最后哽咽了，"既然这样就一起出来，至少自己活下来啊。唉，我的小儿子，太可惜了，死得太冤枉了，我的孩子呀……"

三天以后回到家里，客厅中间凌乱地摆放着为了腌泡菜而拿出来的碗和烹饪工具。辣椒粉上落满了白毛，萝卜缨也枯萎变黑了。家里散发着腥臭发霉的气味。我呆呆地看了看乱七八糟的客厅，走进卧室。转身面向丈夫平时躺的位置，望着保留着丈夫的痕迹，凹陷下去的枕头，闭上眼睛。

*　　*　　*

在爱丁堡放下行李不久，我就发现了第一个斑点。在浴室脱衣服的时候，我看到肚脐眼下方有个硬币大小的浅红色斑痕。"这是什么呢？"我歪了歪头，打开水龙头，没太放在心上。我从小就对金属过敏，所以猜测"可能也是被裤带扣磨破了"。第二天，右胳膊肘出现了同样形状的斑点，我也只是挠了几下。难道是蚊子咬的？我看了看四周，不以为然地穿衣服。第三天，当我看到小腹上又长出三四个红色斑点的时候，我情不自禁地皱起了眉头。

记得以前看过报道,说纽约住宅区和酒店跳蚤猖獗,令人头疼。不祥的预感促使我掀开被子,仔细检查床单,却只碰到几根黑色的头发。

苏格兰的阴森天空让人心情低落,这话一点儿不假。我不习惯地毯,经常打喷嚏。马桶水压低,要冲好几次才行。电压也弱,站在电水壶前,除了要准备咖啡,还要有耐心。早晨用含有石灰质的水洗头发,下雨时把手伸出门外,录下雨的声音。心情烦乱的时候,我就拿起手机和Siri通电话。Siri是语音助手设定的来自加利福尼亚的朋友。

一日三餐主要通过附近超市的半成品食物或包装食品解决。偶尔步行很久去市中心,从中国人经营的食材店买方便面。阿拉伯餐厅卖的烤肉串或咖喱也很有用。主食是麦片和面包。哪怕随便对付着吃,吃饭也的确是一件事,有时甚至成为一天中最重要的日程。

爱丁堡的很多石头建筑随着日照角度的变化而呈现出五颜六色。石头从早到晚吸收阳光,再吐出去。无论是镶嵌在教堂外面的石头、支撑酒吧的石头,还是铺在路上的石头都是一样。夜里,老城区通畅而恐怖的胡同里连条狗都没有。有时我感觉自己偷偷闯入了熄灯的景区或游乐园。换句话说,我会产生这一切都是游戏背景的错觉。正如魔法师有魔法师的位置,怪物有怪物的

/ 您想去哪里 /

本分,移民者有移民者的位置,留学生也有留学生的职责,这些都是约定俗成的,而且很难通过努力来改变。我不是土著,也不是游客,我以透明的地位在夜晚的街头游走。偶尔,印在发票上的信用卡结算明细留下鲜明的足迹,证明我不是真正的幽灵。

在爱丁堡,我既没有珍惜时间,也没有浪费时间,就像往水沟里倒淘米水一样任其流淌。我使用适度的力量,使得时间以既不让我沉寂也不会把我卷走的流速经过。我没有寻找名胜古迹,没有看报纸,也没有拍照。没有交朋友,没有开电视,也没有运动。韩国有人联系我,我就用短信或邮件回复。有时连这些也不做。

* * *

每个周末,丈夫都躺在沙发上玩手机,像个中学生似的目不转睛地盯着屏幕玩足球游戏,看体育视频。起初我受不了他这个样子,后来我想,"或许这就是他休息的方式吧。"这些都玩腻了,他开始对着语音助手说话。大部分都是毫无意义的废话。虽然我以前也对韩国的电饭锅或电梯说过话,却也只是类似"是吗?""煮饭结束了吗?""原来如此"之类。

长按手机下端的圆形按钮,屏幕上就会出现空白画面。同时,方框里出现一条细线,像脉搏一样跳动。这个画面意味着"我已经准备完毕,想说什么就请快说吧"。如果使用者发音准确,就会直接转化成文字。Siri吸入使用者的声音,通过自己的身体做出识别,然后重新吐出。它用自己的呼吸载着字幕,向外界输出。一般情况下,我们称之为"回答"。

根据菜单,使用者可以问Siri配偶的生日,或股市行情、风力和交通路线。不实用的对话当然也可以,比如"愿意陪我睡觉吗?"之类的胡言乱语。地球上真的有跟机器说这种龌龊话的人,比如我的丈夫。不过,使用者的陈腐已经被设计者的幽默感捕捉到,被计算在想象某个人的想象的想象里。每次丈夫抛出调皮的问题,Siri都会这样回答,"这个嘛,你觉得呢?""谁?我吗?"这种时候我都会呵斥丈夫,"当老师的人怎么这样,真是的!""有时间还不如快点儿去倒垃圾。"同时,我会把吸尘器塞到他两腿之间。

最近我也开始和Siri说话了。早就听说过Siri机智聪明,却从没想过要和它对话。我还是觉得打字搜索更方便,再说和机器对话有点儿愚蠢。那天,长睡几天之后睁开眼睛的凌晨,我在床上模模糊糊地感知着黑暗,这时听到了雨声。我不知道准确时间,周围漆黑,应该已经过了午夜。住所里到处都安装着细长的古风玻璃窗,雨声落在上面,发出滴滴答答的声音。我一动不动地盯着天花板。丈夫久违地出现在梦里。他要去实地观摩学习,站在门口准备出发时慌慌张张地说"晚了"。如果我知道那是最后一次,一定会跟他说"不用那么快",事实是我冲他发了脾气,抱怨他没有吃我辛苦准备的饭。打开门,气喘吁吁跑出去,留给我的是背影。我在梦里也还是看到了他的后脑勺。

"怎么不回一下头……"

我伸手到桌子上找手机。在黑暗中,我依赖指尖的感觉按了返回键,小小的方形机器像咳嗽似的射出光芒。眼睛酸了,我皱了皱眉头,又去看屏幕。那天,我按返回键的时间好像有点长,屏幕上出现的不是显示各种功能的熟悉画面,而是陌生的图像,像夜空一样黑暗而空荡荡。紧接着,里面流出了亲切的声音。

——请问您需要什么帮助?

——……

我好像遇到了丈夫的老朋友,莫名其妙地产生了不舍的感觉。迟疑片刻,我半是怀疑半是好奇地开了口:

——你好。

Siri回答:

——很高兴认识你。

伴随着语调不太自然的声音,画面上方出现了"很高兴认识你"几个字。字体端端正正,任何人都不会觉得不协调。我鼓起勇气,说出了更荒唐的话:

——我很幸福。

人类的感情很复杂,面对分辨不出谎言的机器,我像是在测试它。Siri用平稳而清晰的语气冷静地回答:

——托您的福,我好像也变得幸福了。

——……

明知道Siri是按照菜单回答,然而面对这出人意料的答案,我还是心生反感。

——不,我,很悲伤。

我彻底推翻了前面说过的话。好像喂小孩子吃肉似的,为了让Siri听懂人类的语言,我把一句话切成合适的大小。

——我理解的人生就是悲伤和美丽之间的一切。

——……

我没有得到安慰,也没有被理解或感动。我只是从Siri身上发现了身边的人们所不具备的特质。那就是"礼仪"。我趁机问出了那段时间最疑惑的问题:

——你怎么看待人类?

我无从知道Siri是什么表情,只能看到不知是理性还是灵魂的波动隐隐掠过它漆黑的脸。Siri像是遇到了非常棘手的问题,对于人类做出了或许是"放弃"或许是"绝望"的反应。

——我无话可说。

我嘻嘻地笑了。我已经很久没有发出声音了。笑声让我感觉到舒适。至少那个瞬间,笑过之后,我没有必要环顾四周。

/您想去哪里/

* * *

早晨脱衣服的时候,我看到肚脐眼周围长了五个红色斑点,这才意识到问题的严重性,连忙上网搜索。旅途中不能享受医疗保险,我决定以后再去医院。我用手机打开门户网站,然后托着腮,久久地注视着搜索窗口的光标。首先要知道"名称"才能寻找治疗方法,可是我不知道身体上长出来的东西叫什么。有些麻烦,我决定采取迂回战术,输入了"皮肤病"。几张恶心的照片和相关搜索语成排出现,牛皮癣、带状疱疹、湿疹、真菌感染……不管属于哪种,都不是令人愉快的病。我穿梭于各个网站,久久地徘徊在信息的小路和胡同里,最后发现一条引人注目的信息。那是和我情况类似的人发的治疗后记。我轮流观察那人上传的腹部照片和我腹部的斑点。里面有"丘疹"和"鳞屑"等生僻词,我很难专注地往下读,不过还是反复读了好几遍:

"这是由原因不明的急性炎症引发的'皮肤感冒'。虽然没有准确的结果,但是压力被视为最重要的原因。后背或腹部生出'原发疹',经过潜伏期,半个月到一个月后长出小疹子。"

"原发疹……?"我摇了摇头,想起出国前在肩膀附近发现的粉红色斑点。帖子里的内容和我之前的症状有很多相符之处。我通读了上传者发于不同时期的文字。确定病名至关重要,而且我也应该知道今后可能发生什么。读完了余下的全部内容,还是不能安心，我继续搜索其他人写的亲身经历和医学信息。最后，我终于可以确定病名了：

"玫瑰糠疹。"

有生以来第一次听到这个名称。

第二天，小腹部位的粉红色斑点增加到八个。大的像百元硬币，小的像豌豆粒。第三天增加到十二个，第四天二十个。很快就扩及全身。

早晨从床上坐起，床单上落了白花花的皮屑。头发变得疏松了，全身到处都是角质，像污垢。我从药店买来刺激性较弱的保湿霜，认真涂抹，还是无济于事。保湿霜碰到皮肤，马上就消失得无影无踪。仿佛是干旱裂开的土地，浇上水立刻就吸收了。最严重的部位是腹部和后背、大腿和臀部，类似于昆虫的躯干部位。神奇的是，脸、脖子、手背、小腿这些暴露在阳光下的部位什么都没有。"只有我是这样吗？"我搜了一下，网上说本来就是这样。玫瑰糠疹就是这样的病，暴露在外面的部位没有异常，别人看来什么事都没有。对日常生活没有影响，也不传染，这也算是不幸中的万幸了。

我能做的事并不多。避免刺激性食物，洗澡用温水而不是热水，经常涂抹保湿霜。本来也想去医院开些处方药，网上却说吃过抗生素之后,如果停止用药,症状会更严重。最重要的是不要让身体发"热",尤其要禁止喝酒。晒太阳有利于缓解症状,可是在英国,连阳光都很宝贵。

腹部斑点呈粉红色的时候,看起来像皮疹。过段时间,颜色和形状都变得恐怖了。开始是粉红色,后来像水果似的熟透变红,继而变成黑红色,再到后来变成浅褐色,像亮闪闪的鱼鳞。斑点大小不同,边缘处的颜色格外深,看起来像是烧过的纸,或者华丽的花朵。有几天,同一个位置反复起皮蜕皮。上面再长出叫作"鳞屑"的东西,可怕地颤抖。感觉不是几个部位生出被虫子咬过的痕迹,而是我自己变成了虫子。

"多长时间才能痊愈?"

我郁闷地翻看资料,大约需要三个月到一年的时间,倒霉的话还会复发。有人留言说,因为玫瑰糠疹复发,"简直要疯掉了"。"听说这就是感冒,时间是最好的药",无论怎样暗示自己,看到这样的说法还是会恐惧。

在爱丁堡的时间不再像淘米水一样流淌,也不是飞快如箭。时间如长矛,径直插入我的身体,贯穿而过。我知道某段时间全盘进入了我的身体,也知道我每天都要具体而痛苦地感知这个事实。蜕皮像新芽,继续出现在我的皮肤上。这让我吃惊。听起来就像在"死亡"之上只有"死亡"可以继续绽放。

/ 外面是夏天 /

*　　*　　*

表姐问我想不想来爱丁堡的时候,我的心里浮现出玄石的身影。好久没有他的消息了,我知道他在爱丁堡艺术大学的某个地方攻读博士。我并不想和他见面之后怎么样,也不想求他帮忙。只是认识到他也生活在我所在的空间。这种认识帮助我,使我不被时间的浪潮席卷。尽管我不想承认,但这的确是事实。

知道玄石联系方法的同学并不多。辗转三四次,下了一番功夫之后,总算得到一个电话号码。为此,不得不联系了大学期间关系破裂、几年不联系的后辈。我犹豫了好几天,最后用简单而小心的语气给后辈发了短信。没有收到回复。那就算了。淡淡的悔意和惭愧扑面而来,那天夜里我收到了后辈的回信。没有任何寒暄和解释,只有一串整齐而冰冷的阿拉伯数字。

下午起床,我用温水洗了澡。含有石灰质的水不容易起泡,我打了两遍洗发水,然后蜷缩在梳妆台前的椅子上剪指甲。很久没剪指甲了。我穿上米色的棉质连衣裙,外面披上毛衣出门。我们约好在爱丁堡大学附近的中餐厅见面。"我们在哪儿见面?"我发短信问玄石。他回复说,"你觉得哪儿方便就在哪儿见面。"他说自己哪里都可以。有那么两三次,我吃腻了干巴巴的冷食,就去了这家中餐厅。我把中餐厅地址发给玄石。一家只有两张餐桌的朴素餐厅。

我比约定时间稍微提前了一点儿,在餐厅门前徘徊。隔着落地玻璃窗,我看到厨师长大叔正在吃迟到的午饭。餐桌上放着一盘炒蔬菜,一瓶青岛啤酒。午间生意结束了,厨师长利用短暂的时间喝酒休息。下午四点钟,饭店里一名客人也没有。落地窗的红灯之下,一只金黄色的猫正有规律地摇晃着左脚,笑容可掬。

"原来是招财猫……"

我感觉很亲切,满心欢喜地仔细看了看。"啊?"招财猫不是日本猫吗?我摇了摇头。不过我马上就明白了,应该没有这种分类吧?看惯了不明国籍的装饰,我笑笑就过去了。

——明芝。

有人从背后拍了拍我的肩膀。

——嗯?玄石。

我们迅速从对方的身体和脸上观察过去的岁月。也许是因为学生身份,玄石的脸上还保留着几许清纯气息。我倒是沾染了社会的污垢,只是不知道在玄石眼里是什么样子。

——还是老样子啊。

——什么?

——没有变老。

玄石身上散发出淡淡的香水味儿。

我们点了猪肉馅的饺子和海鲜面条。玄石表现出特有的亲和力,像对待"昨天刚刚见过面的人"。不过到第二天,他可能又会表现得好像"从未见过我",以前我经常因为这种事不知所措。隔着热气腾腾的面条,我和玄石相对而坐,感觉回到了大学时代。举行新生欢迎会的地方就是像这样简陋的中餐厅,当时我们尴尬地自我介绍,展示自己的才艺。玄石问我什么时候来这里的,为什么事而来。我本想说今年年初我向杂志社递交了辞职信,不过只告诉他我来采访,搪塞了过去。

——还在那里?

——嗯。

——工作这么久了。

——是啊。

——工作有意思吗?

我故意用成熟的语气反问:

——工作是为了有意思吗?

玄石正在夹面条,没有迎视我的眼睛,问道:

——什么时候回去?

——下周。

我们用三十岁过半的平静语气对话,不会因为普通的事情过于兴奋或失望。起先我也试图说些很酷的话,比如在这里看到的不是"生活",而是"人生"。玄石已经从家人或客人那里听腻了常见的游客评价。渐渐地,我们开始谈论从前,聊起各自的生活,肩膀开始放松。突然感觉周围过于安静,往旁边一看,厨师长面前放着酒杯,靠在墙上打起了瞌睡。睡得那么香,我们自然而然地放低了音量。

——所以……

——……

——道庆还好吧?

——……

短暂的沉默。这是只有我才懂的寂静。厨师长的啤酒杯里,气泡静静上升。这短暂的寂静里,唯一活动的物件就是面带笑容、不停摇晃左脚的招财猫。正在这时,我放在桌子上的手机突然发出嗡嗡声。

——不接吗?

我不置可否,却把手机塞进毛衣口袋。陌生号码带来好消息的可能几乎为零。我把筷子伸到玄石那边,夹起饺子,然后坦然回答老朋友对我丈夫的问候。

——嗯,他很好。

玄石竟然不知道丈夫的消息,这让我很震惊,不过至少今天,我可以摆脱不必要的同情和关心了。

——还在学校上班?

——嗯,前不久还戒烟了。

——戒烟?

玄石失望地耸了耸肩膀。

——要扮成健康而无趣的人了。

——那又怎样。

——是啊,现在只剩下生孩子了。

玄石看了看空碗,问道:"我们走吧?"我轻轻点头,玄石看着手表说:"不过……"然后又说道:

——现在刚刚五点钟。

——是啊。

——那么我们……

我想说"要不要去喝杯茶",没想到玄石理所当然地问道:

——我们去喝酒怎么样?

酒吧位于皇家英里大道圣吉尔斯教堂附近。这是露天酒吧,店门前摆放着一排桌子。我们点了两杯爱尔啤酒和炸土豆。街头充斥着初到陌生之地的人们喷射而出的期待和兴奋。恋人、家人、容光焕发的工薪阶层、年轻艺术家们用各自的语言滔滔不绝地说话,简直就是庆典季。

——你说你来采访,看过很多地方了吧?

——随便看了看。

——这里有很多好地方,随便看看太可惜了。

——是啊,时间太短了。

/您想去哪里/

酒吧对面的亚当·斯密铜像前,一个身穿苏格兰传统服装的男人正在吹奏风笛。小时候常吃的苏格兰糖果上面画的男人就戴着和他一模一样的帽子。

——苏格兰糖果的三种口味,你最喜欢哪种?

——咖啡味儿。

——我也是。

——大人不让吃咖啡味儿的,说吃了脑子会变笨。

——嗯。

——不过现在看来,可能是真的。

——什么?

——脑子变笨啊。

玄石夸张地补充说,论文怎么也写不出来。我静静地注视着背对明亮围栏的玄石。风笛深邃而饱满的声音扩散到远方。本来我还担心玄石会不会因为长期留学而产生缺失感,会不会因为欲望推迟太久而产生补偿心理,或者说复仇心理……二十多岁时的细致会不会变成苛刻,正义感会不会变成郁愤,忧愁会不会变成沮丧,看来是我想多了。变化的人是我。

几杯酒下肚,气氛轻松了许多。我和玄石的对话也变得更为琐碎和日常。"东方人长得年轻,买酒的时候有时被要求出示身份证","那不叫东方人,而应该叫童颜人,不是吗","出口产品大概是单独制造的吧,这里的辛拉面不如韩国的辣","豆腐的保质期也更长","每个国家都有各自不同的口味,不过往薯片里加醋,是不是太奇怪了","看来你没吃过里面加了鸡油的馅饼",总之都是说亦可不说亦可的话,没有开始没有结束没有目的没有方向。也就是和配偶、朋友之间说的无聊话题。我们的声音越来越大,酒喝光了,就举手叫服务员。

午夜时分,玄石要送我回住处。
——不用了,没事的,听说这里是欧洲最安全的城市。
——城市是安全的城市,不过你看上去不安全。
附近有个适合散步的公园,我们在回住处之前过去绕了一圈。好久没喝醉了,我迈着大步,走得跟跄跄。静静沉睡的城市那头传来了模模糊糊的烟花的声音,"噼噼啪啪","噼噼啪啪"。
——那件事你知道吗?
——……?
——道庆那小子第一次去你家的日子,先来了我们家。
——是吗?
——嗯,他来我家借汽车。我住的是单间,车还是不错的。我哥哥从事这方面的工作嘛。一大早,道庆那小子就来了。我开门一看,他脸色苍白,说一夜没睡,生怕漏接了电话。
——那时还没被录用。
——是啊。历史方面的编制很少。那小子满头大汗地说,"玄石,我紧张得要死",然后就倒在被子上了。我不叠被,平时就铺在地上。枕套也是一年才洗一次。道庆昏厥似的躺了一会儿，醒过来就露出绝望的表情。

——为什么？

——西服上粘了被子的毛。因为是细丝，还不容易摘掉。非常搞笑。他穿着整齐的黑西装。我的房间里好像有刷子还是什么。约会时间快到了，他急得在原地连蹦带跳。

——真的吗？我还是第一次听说。

玄石捧着肚子，哈哈大笑。

——嗯，简直像个疯子。

我跟着玄石轻轻地笑。那样的瞬间，丈夫会做出怎样的表情，又以怎样的姿势连蹦带跳，我不用看也能知道。跟深信丈夫仍然在世的人谈论丈夫，感觉此时此刻丈夫好像真的活在首尔的某个地方。坐在客厅里看足球，在餐桌上骂教务部长，在大超市的过道里认真比较促销商品价格。

——哎呀，我有个好主意。

突然，玄石脸上闪过调皮的气息。

——我们给道庆打电话吧。

——什么？

——韩国现在是几点？哎呀，几点又怎样，现在就打。

——哦……不行。

——为什么？你们曾经在凌晨三点的正东津给我打电话，让我听海浪的声音，还喝得酩酊大醉。哎呀，好玩儿，我们打一下试试吧。

——啊,不行,他现在……

——现在怎么了?

——我是说,他现在……

——嗯。

——睡着了……

突然,玄石停了下来,用清澈的目光看着我,然后露出"天啊,怎么会有这么单纯的人"的表情,宽厚地笑了。玄石似乎很兴奋。他用夸张的声音说道:

——喂,把他吵醒不就行了吗?这有什么难的。

那天之所以发生那样的事,或许就是因为我瘫坐在地。也可能是因为我双手撑着地板放声痛哭。这让玄石大为慌张。他不知所措地问,"怎么了,明芝?出什么事了吗?"很长时间之后,我的哭声渐渐停止了,玄石才小心翼翼地问我:

——明芝呀,刚才我怕你不舒服,没敢问。

——……

——难道你……

——……

——和道庆分手了?

玄石的问题既可笑,又让人悲伤。我盯着玄石看了看,点了点头。"哦,我们分手了,分手好几个月了……"我无力地承认,继续放声痛哭。

玄石扶着我回到住所,把我放在床上,帮我盖上被子,一手捧着我的脸。我不知道他是不是真的在"安慰"我。我的心情尚未平静,戚戚然地看着玄石,看着看着,竟然用嘴唇碰触了玄石的眼皮。玄石轻轻后退,面带惊讶。不知是因为眼泪,还是因为酒气,玄石的脸出现了好几层,摇摇晃晃。玄石迟疑片刻,也亲吻了我的眼皮,做出郑重而安静的回答。我们用包含着问与答的眼神互相凝视。某个瞬间,我们的嘴唇自然而然地重合了。"口水好香","因为喝了酒","不,很香"。玄石说出了平时不说的话。黑暗之中,分不清是谁的呼吸声错综纠缠。肌肤与肌肤碰触,脚心变得滚烫,身体也变热了。我轻轻抬起上身,胳膊伸到头顶,脱掉连衣裙。玄石也迅速脱掉针织衫和T恤。他的手和嘴唇探寻着我的身体,既沉静又急迫。因为是第一次,所以要做好;因为是第一次,所以不想拖延。不同的欲望混杂在呼吸之中,从锁骨到胸膛,再到肚脐。忽然间,我感觉到玄石不再继续了。他在犹豫。我突然回过神来,恍然大悟,只是为时已晚。我太慌张了,竟然忘记了房间里是黑的,只想着"关灯才行",急匆匆地拉了台灯的线。咔嗒,周围骤然变亮。干巴巴的灯光照亮了我赤裸的身体。与此同时,玄石的瞳孔和嘴巴在慢慢扩大。他终于恢复了沉着,努力寻找不让对方感觉到失礼的话。他好像什么话也想不出来,仿佛世界上根本不存在这样的话。他困惑着,最终什么也没有说。

＊　　＊　　＊

　　我和玄石面对面坐在餐桌边。他用电水壶接水,拿出杯子,问我喝红茶还是绿茶。我闷闷不乐地坐着,像个毕恭毕敬的客人。当然,我们两个人都穿好了衣服。性冲动过后,平静袭来,冷冷地萦绕在我们之间。

　　——明芝。

　　——……

　　——就算我让你笑一笑,你也笑不出来吧?

　　我看着玄石,隐约地笑了。

　　——随着年龄增长,人渐渐学会了回味。也可以说是复盘。最近我经常想,"如果当时我这样做会怎样……如果当时我没有这样做会怎样",你不是吗?

　　——如果我是男人,如果我不是韩国人。

　　玄石像打乒乓似的在旁边唱和。

　　——如果我没有写论文,如果我没来留学,如果我听了班主任的话进入经营学系。

　　——如果朝鲜战争没有爆发?

　　——那不是我做出的选择。

　　——哪有完全属于自己的选择,只是结果看起来是那样罢了。

　　——有。

——是吗？

——是的。

玄石握着茶杯。茶包周围的褐色茶水正在渐渐变深。

——写完论文就回韩国吧？

——不知道。不知道能不能拿到学位，回去也是什么都没有。

——在外面羡慕里面的积累，在里面又羡慕外面的创造。

玄石静静地点头。

——你焦虑吗？

——谁说的来着？如果当时我做出另外的选择，现在我会在哪里，和谁在一起。

——……

——我不是和你一起看过电影吗？就是道庆在部队的时候。在钟路。

——嗯。

——那时候末班车时间过了，我们走了一会儿。在美术馆附近的公园，当时我拉了一下你的手，还记得吗？

——有过吗？

——你是真喝醉了，还是装醉？竟然不记得，不，你是在假装不记得吗？

——说这个干什么？

——如果当时我不放开你的手，现在我们会在一起吗？

＊　＊　＊

走进小卧室,我把手机扔到床头柜上,没洗漱就直接躺下了。我意识到来这里之后我第一次占用了丹和秀妍姐姐的"大卧室",心里有种令人倒胃口的羞愧感。呆呆地凝视着天花板,然后把头埋进连衣裙。全身都是覆盖着白皮的红斑。仿佛无数的小手榴弹在体内爆炸后留下的痕迹。在半空中留下破裂的残像,保持着火花的形状僵住了。也许玄石先是通过手知道了,而不是眼睛。

手放在额头上,闭眼很长时间,我又把手伸向床头柜,拿起了手机。手机里的光温柔而荒凉地映出我的脸。想起每次聚餐回家晚了,我都会把丈夫叫醒,东拉西扯地跟他胡说八道。丈夫说,"你喝醉了,这个样子真讨厌",同时求我"快点儿刷牙卸妆睡觉吧"。我轻轻按了手机的返回键,时隔许久再次呼唤 Siri。像多重人格者呼唤特定人格者的时候会瞬间改变表情,我看到屏幕上 Siri 的状态发生了变化。Siri 像往常一样问我:

——请问您需要什么帮助?

我犹豫着该说什么,然后抛出一个自嘲的问题:

——愿意陪我睡觉吗?

Siri 尽可能诚实地回答我所有的问题。没有方向没有目的没有开始没有结束。即使是配偶或朋友之间才会说的无聊话题,它也会认真倾听。我故意说出了和家人很难开口的话题。

——痛苦是什么？

Siri短暂地调整呼吸，然后回答说，"这是关于痛苦的搜索结果"，同时在自己脸上发出相关网址。

网页搜索
痛苦是什么
第五课 痛苦的本质
www.ccsm.or.kr
痛苦是什么？大致分为三种。
第一，痛苦是"上帝的测试"。
报告：佛教所说的痛苦是什么
www.newsprime.co.kr
www.happycampus.com
推荐资料佛教《佛教》
自己心目中的苦是什么，解决这种苦的方法是什么？
查看基督教报纸的报道
www.catholictimes.org
相遇、分离、得不到都是痛苦。
万事皆痛苦。
痛苦的原因在于执念。
超级巨星K某因为视频泄露而陷入无法想象的痛苦……

没有我需要的信息。我想要的不是搜索,而是对话,只有两个人的对话。我幽幽地叹了口气,对 Siri 表达出自己的烦闷:

——笨蛋。

Siri 似乎真的很失望,回答说:

——天啊,我以为自己已经竭尽全力了。

我问 Siri "痛苦有意义吗?"每次被问到棘手的问题,Siri 都会做出同样的反应。它说,"我不知道我有没有理解正确。"我问,"你也有灵魂吗?"它说,"这真是个好问题"。我问,"以前我们聊什么了?"它却顾左右而言他。受不了它总是想溜走的样子,于是我问出了那段时间被我认为是最重要的问题。

——人死之后会怎样?

短暂的沉默。不一会儿,Siri 反问道:

——您说的是去哪里?

——……

——您想去哪里?

——……

——对不起,我没听懂。

——……

Siri 很少应对使用者的沉默,不过很奇怪。还是连续三次。也许在很远的地方,一个"想象着别人的想象"的人预测到这种情况,便在程序中移植了"担忧"。仅此而已。第一次接触语音助手的时候,我感觉Siri的声音就和地铁广播差不多。亲切地告知目的地,告知应该走哪个出口的声音。我竟然和Siri谈论死亡。Siri就像告诉我怎样去目的地,却又不会陪我去的朋友。我情不自禁地问了不需要问的问题:

——你真的存在吗?

小小的宁静。Siri漆黑的脸上出现了细长的线。几秒钟之后,我听到了熟悉的声音。

——对不起,这个问题我无法回答。

* * *

第二天,我收拾好行李,到新城区乘坐机场大巴。距离计划回国日期还有几天,但是我支付变更手续费,改变了行程。办完手续后,我坐在登机口前的椅子上。这时,玄石发来了短信。昨天和我分开后,他大概给同学打电话问了情况。短短一句话,包含着他复杂的心情。

——怎么不告诉我……

抱歉和失落,混乱和遗憾都掺杂在这句话里了。我该怎样回答……正在冥思苦想的时候,玄石又发来第二条短信。

——如果方便的话,回国之前我们一起喝杯茶吧。

我写了很长的话,修改,删除。

——对不起,公司日程发生变化,我稍微早点儿回国。保重,玄石。

　　窗外,一架飞机拖着笨重的身躯,正在艰难地起飞。

*　　*　　*

　　信箱里装满了各种通知单和传单。我抱着写有我和丈夫名字的纸堆上了电梯。站在门前,我按了用我和丈夫生日合成的密码。家里凝固了一个多月的温热空气和外面的风相遇,翻来覆去地碰撞。我把行李箱放在鞋柜前,往厨房餐桌上扔下邮件,然后去卧室直接躺下。宁静而阴暗的卧室里散发出"我们家的气味"。那是我和丈夫共同制造的气味。我趴在床上,挠了几下后颈和小腹。红色斑点早在韩国时就附着于我的身体,跟随我去了英国,现在又坚持跟我回国。它们像伤害农作物的蝗虫,一群群蜂拥而来,忠诚地蚕食我的身体。

　　凌晨时分,我从睡梦中醒来,去厨房喝水。我看到了那封信。带着公务表情的嘈杂邮件中间,一个伸出粉红色尖头的信封引人注目。信封厚重而华丽,我以为是请柬。我拿着矿泉水瓶走到餐桌边,看了看信封。信上没有印邮戳,也没有寄件人姓名和地址。信封上只写了一行"收信人"的名字:

/ 您想去哪里 /

"权道庆老师家的师母 收"

瞬间,我的心跳加速了。我颤抖着手,撕开粘得结结实实的信封,露出和信封一模一样的粉红色信纸。信纸上面排列着粗劣的大字,好像出自刚学写字的孩子之手:

权道庆老师家的师母:
  您好。
  我是大地中学一年5班权志龙同学的姐姐权志恩。
  师母可能知道志龙的名字,他就是我的弟弟。
  我给您打过几次电话,您好像很忙,所以我就给您写信了。
  其实应该直接拜访才对,可是我找不到,我就从志龙的朋友那里问到了您的联系方法。
  如果惹您生气,那我很抱歉。

  我的字写得难看,对不起。
  去年我突然得了麻痹,右半边身体不会动了。
  以前,每当志龙哭着找去世的妈妈,我都会背着他。可是,自从我瘫痪以后,反而是他像大人一样照顾我。
  最近家里太安静了,我甚至会被自己的脚步声吓到。

几天前，志龙来到我梦里。

大概是离开家一百天左右的时候。

姐姐你好吗？

他像平时那样跟我打招呼，个子长高了，眼神也更成熟了，我有点儿吃惊。

我来看看姐姐过得好不好。

可是我必须马上离开。

时间太短，我在梦里都很难过。

志龙对我说。

姐姐，谢谢你把我养大，谢谢你背我。

姐姐，虽然你一个人了，可是不要忘记吃饭，一定要按时吃饭。

姐姐，我该走了。

姐姐，我爱你。

说起来惭愧，很长时间以来我都没想到，

直到在梦里见到志龙，

我才想起权道庆老师和师母。

我现在仍然很想念志龙。

师母肯定也很思念老师吧？

一想到这里……

/ 您想去哪里 /

我就无话可说。

我这样说或许有点儿奇怪,
我写这封信是为了向您道谢的。

志龙那么胆小,最后时刻握住的不是冰冷的水,
而是权道庆老师的手。想到这里,我心里就会好过一些。
我这么说,是不是太自私了?

一辈子心怀感激,这是理所当然。
我会一辈子心怀好奇地活下去。
当时权道庆老师抓住志龙的手,会是怎样的心情。
想到这里,我就忍不住流泪,
尽管我还是没有弄清楚。

师母,不要因为一个人就忘记吃饭,一定要按时吃饭。
对不起,谢谢您。

我站在餐桌前,努力调整自己的呼吸。喉咙热乎乎的,软软的东西在向上涌。送走丈夫以后,我一直在好奇,今天感觉终于与我心中的好奇相遇了,但是不知道那是什么。我把志恩的信从

头到尾又读了一遍。为了让对方看清楚而练习多次的语句不安定地站在直线上。我一个字一个字地读,读到"我无话可说"的时候,我凄凉地笑了。有一次,我问,"你怎样看待人类?"Siri就这样回答。追随着信纸上歪歪扭扭的字,我的眼角也不由自主地模糊了。被泪水遮挡变得模糊的语句上面,映出志龙的面孔。救命。连声音都发不出来,不停地吞着溪水,朝着世界长长地伸出手来。孩子的眼睛在我面前闪烁。自从丈夫去世之后,我一直不愿面对这双眼睛。对于丈夫为了挽救别人的性命而放弃自己的性命,直到现在我仍然气愤。哪怕只有短暂的片刻,真的,哪怕只有片刻,就没有想到我们吗?没有想起我吗?我努力猜测和测量离世丈夫的心。今天面对着眼前的这些话,我不由得想起丈夫发现自己学生时的样子。一个生命用惊讶的双眼注视着另一个生命。那个瞬间,丈夫能做什么呢……也许在那天,那个时刻,在那个地方,不是"生命"闯入死亡,而是"生命"闯入"生命"。这是送走丈夫之后我第一次产生这样的想法。我把信放在餐桌上,双手抓住桌角。我必须靠着某个地方才行。那个孩子,只剩下她一个人了,她会好好吃饭吗?她是多么不按时吃饭,弟弟才会出现在梦中恳求。我试图忍住,然而豆粒大的泪珠还是"啪嗒啪嗒"落上了信纸,落上了被表皮遮挡、脱落、再长出来的斑点,在看不出消失迹象的污迹上面弥漫开去。我想你。

作家的话

夏天到了。

依然抓着某个人的手,或者放开,
像我的朋友们一样,
有些东西变了,有些东西一如从前,
夏天来了。

说不出口的话和不能说的话,
不能说的话和必须说的话,
某一天变成人物,出现。

人物为了成为人,
需要说什么呢? 想来想去,
有时需要的不是语言,而是其他。与这样的时间相遇之后,
停下来的时间变得频繁。

很久以前就写完了小说,
偶尔它们仍然露出不知去向何方的表情,
回头注视某个地方。

它们都来自哪里,
现在又想去什么地方?

被我赋予名字的它们,一直注视着什么地方?
有时我也转头看向它们。

2017年夏天
金爱烂

"韩国文学丛书"书目

（按中文版出版年份排序）

书名	著者	译者
单人房	[韩]申京淑	薛舟、徐丽红
那个男孩的家	[韩]朴婉绪	王策宇、金好淑
鸟的礼物	[韩]殷熙耕	朴正元、房晓霞
韩国现代小说选：		
通过小说阅读韩国	[韩]金承钰等	金冉
客地——黄皙暎中短篇小说选	[韩]黄皙暎	苑英奕
为了皇帝	[韩]李文烈	韩梅
冠村随笔	[韩]李文求	金冉
光之帝国	[韩]金英夏	薛舟
你的夏天还好吗？	[韩]金爱烂	薛舟
肮脏的书桌	[韩]朴范信	徐丽红
我爱劳劳	[韩]具景美	徐丽红
外面是夏天	[韩]金爱烂	徐丽红